『ヤーンの朝』

そして、彼は、一気に夜をついて《飛んだ》。（199ページ参照）

ハヤカワ文庫JA
〈JA807〉

グイン・サーガ103

ヤーンの朝

栗本　薫

早川書房

5684

THE DAWN OF DESTINY

by

Kaoru Kurimoto

2005

カバー／口絵／挿絵

丹野　忍

目次

ヤーンの朝がかれらのまわりにあった。
それは小高い丘に風が吹き、そしてものみながしげりはじめ、
いまいちど生き始める、そんな再生と清々しさの朝であった。

ヤーン讃歌より　朝の章

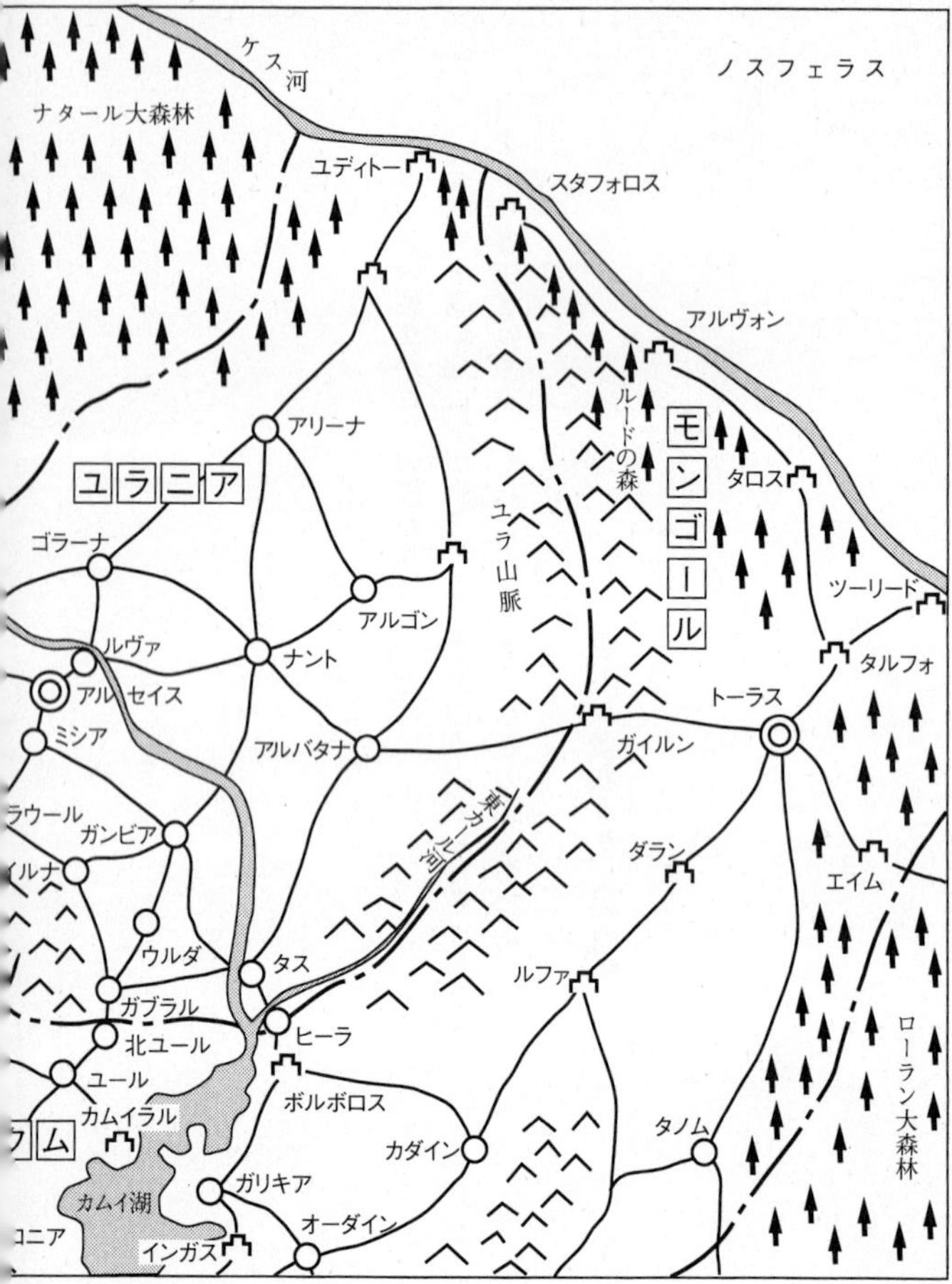
ケス河
ノスフェラス
ナタール大森林
ユディトー
スタフォロス
アルヴォン
ルードの森
モンゴール
ユラニア
アリーナ
タロス
ゴラーナ
ユラ山脈
ツーリード
アルゴン
ルヴァ
ナント
タルフォ
アルセイス
トーラス
ミシア
アルバタナ
ガイルン
東カール河
ラウール
ガンビア
ダラン
エイム
イルナ
ウルダ
タス
ルファ
ガブラル
ヒーラ
ローラン大森林
北ユール
ユール
ボルボロス
カムイラル
タノム
カダイン
ガリキア
カムイ湖
オーダイン
インガス
コニア

〔中原拡大図〕

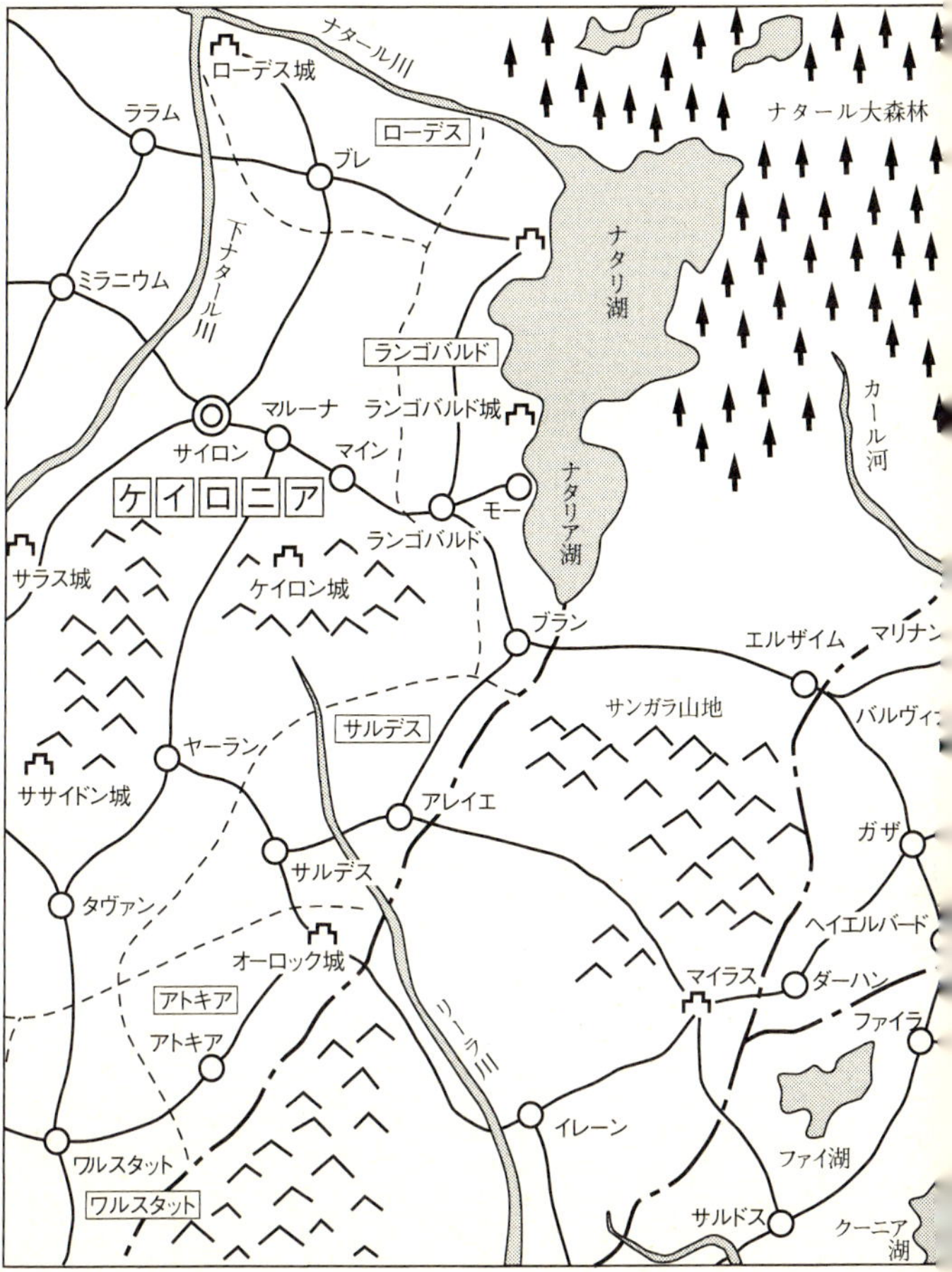
ナタール川
ローデス城
ナタール大森林
ララム
ローデス
ブレ
下ナタール川
ミラニウム
ナタリ湖
ランゴバルド
ランゴバルド城
カール河
マルーナ
サイロン
マイン
ケイロニア
モー
ナタリア湖
ランゴバルド
サラス城
ケイロン城
ブラン
エルザイム
マリナン
サンガラ山地
バルヴィ
サルデス
ヤーラン
ササイドン城
アレイエ
ガザ
サルデス
タヴァン
ヘイエルバード
オーロック城
マイラス
ダーハン
アトキア
ファイラ
アトキア
リーラ川
イレーン
ファイ湖
ワルスタット
ワルスタット
サルドス
クーニア湖

ヤーンの朝

登場人物

グイン……………………ケイロニア王
スカール…………………アルゴスの黒太子
マリウス…………………吟遊詩人。パロの王子アル・ディーン
ヴァレリウス……………神聖パロの宰相。上級魔道師
キノス……………………一級魔道師
アキレウス………………ケイロニア第六十四代皇帝
ロベルト…………………ローデス侯爵
オクタヴィア……………ケイロニアの皇女
マリニア…………………アル・ディーンとオクタヴィアの長女
トール……………………ケイロニア黒竜騎士団将軍。グインの副官
ゼノン……………………ケイロニアの千犬将軍
アウス……………………ヴォルフ伯爵
カメロン…………………ゴーラの宰相。もとヴァラキアの提督
ドリアン…………………ゴーラの王子
アイシア…………………マルガ離宮の女官。ドリアンの乳母
グラチウス………………〈闇の司祭〉と呼ばれる三大魔道師の一人
ユリウス…………………淫魔
イェライシャ……………白魔道師。〈ドールに追われる男〉

第一話　待つ者たち

1

「閣下」

室に小走りに入ってきた当直の近習が、かるく頭を下げて机の上に細長い文箱に入った一通の書面をおいた。ゴーラの宰相カメロンはうなづき、それをとりあげた。

「陛下よりの早馬で届いた文でございます」

「わかった」

近習を下がらせておいて、カメロンは箱をあけた。静かな明るい光があふれている、イシュタールの宰相執務室は、そのあるじの剛毅で実際的な人柄をよく物語るように、きちんとととのって便利にしつらえられているが、どこにも華美なところはない。イシュタールを統一しているやや装飾過多のきらいのある様式を、この一画は希望どおりに避けることができたことを、カメロンは日頃から有難いと思っている。アルセイスの紅玉宮のとてつもなくごてごてと重たげな、それでいて古くさくて大仰な建築様式や飾り付けられかたが、カメロンは苦手であった。もともと沿海州の人間はすっきりとして実用的なものごとを何よりもたっとぶ気風を持っている。それだけではなく、カメロンは船乗りだ。船の上では、男でも自分の身のまわりをつねに清潔にきちんととりかたづけておくこと、そして身辺に無用のものを散らかさないこと、それをちゃんと出来ないと、狭い船のなかではとうてい長期にわたって暮らせるものではない。

「これは……」

文箱をあけ、なかにおさめられていたかなり長文の書面をひろげてみたカメロンの剛毅なおもてが、しかし、みるみるこわばった。

（イシュト――負傷した、だと？）

「イシュトヴァーン国王陛下には、ルードの森でのモンゴール反乱軍掃討戦のみぎり、モンゴール反乱軍の味方としてあらわれたケイロニア王グインとの戦いにより、重傷を負われ――」

その文字が、みるみるカメロンの胸をさしつらぬいたかのようだった。

（イシュト）

「幸い、一時はかなり重傷にあらせられましたが、お命には別状これなく、順調に回復に向かっておられれば、ご案じなきよう」

次の一文をみて、ようやくひと息つく。

（くそ、気の利かぬ――マルコのやつか、これを書いたのは？　それとも馬鹿な書記かなんかか。いったい重傷というのは、どこをどの程度、どう怪我をしたのか、そのくらいは書いておいてくれねば、どうしようもないじゃないか）

ここイシュタールからイシュトヴァーンのいるモンゴール北部の森の中までは、はてしなく遠い――ともカメロンには思われる。船に乗って海の上にいるのであれば、たとえレントの海の端から端でもそれほど遠いとは思わぬ彼であるが、陸上にあっては、いまだに、狭い沿海州から広い中原の中心部に移ってきたためなのか、海の上よりもずいぶんと、距離の感覚が違って感じられるように思われてならない。

（イシュト――）

いったい、あやつはどんなことになってしまっているのだろう。

カメロンはひげの端をかみしめた。

（それに、グイン――だと。グイン王との戦いにより重傷――グインどのが、イシュトを傷つけた――ということなのか？）

（そもそもなぜ、パロでのたたかいから忽然として消え失せたといううわさのグインが、こともあろうにルードの森に？　しかも、モンゴール反乱軍に味方して――だと？）

どうせ何日も時間がたってから届いているその手紙を見ただけでは、いったいルードの森で何がおこっているのかも、モンゴールの情勢がどのようになっているのかもさっぱりわからない。カメロンは激しいもどかしさにまたくちびるをかんだ。

(グインが——モンゴール反乱軍に——味方?)

ケイロニア王グインの突然の失踪については、イシュトヴァーン本人が、兵をひきいてパロ遠征から戻ってきて、カメロンに憤懣をぶちまけたことゆえ、カメロンもそのへんの事情はきいている。だが、そのグインが「モンゴール反乱軍の味方としてあらわれ」、イシュトヴァーンに重傷をおわせた、というあたりが皆目わからない。

(グインはたしか親衛隊さえも連れず、単身突然にクリスタル・パレスから消え失せたということだったが……それもきわめて異様な状況で……まあそれはイシュトのいうことだから、あてにはならぬが……)

(突然ルードの森に——まさか、単身であらわれた、ということか? それとも、兵をつれて——だとすれば)

だとすれば、由々しきことだ、といわねばならぬ。

もしもグインがどのくらいかはわからぬがケイロニア軍をひきつれて、モンゴール反乱軍の味方としてあらわれ、イシュトヴァーン軍をうち負かした、ということであれば、それは、まったく、ケイロニアがモンゴールの味方につくことを選び、ゴーラの敵となることを宣言した、と考えなくてはならぬ。

(冗談ではない……いまのゴーラの国力や状態で、ケイロニアを敵にまわすことなど……出来るものではないぞ……)

ゴーラがいま、じっさいにはどのようなてんやわんやの混乱しきった、しかも国力などなきにひとしい、国家とは名ばかりのような状態にいるか、ということは、カメロンが一番よく知っている。

なんで、こんな貧乏くじをひかされたのだろう、とうらみたくなることもしばしばだが、もうことここに及んでは投げ出すことも出来ぬままに、日夜あれやこれやとつじつまあわせと帳尻あわせに苦労しているのは、カメロン本人なのだ。ことにイシュトヴァーンが長いパロ遠征から帰るやいなや、席もあたたまらぬうちにモンゴール反乱軍をうつためにモンゴールへ出征していってしまい、おもだったゴーラ軍精鋭をひきいていってしまったあと、もしもいまここで万一まだ多少は潜伏しているはずの旧ユラニアの反イシュトヴァーン勢力だの、たぶん機会をうかがっているだろうクムだのが今こそがゴーラの勢力伸張をはばむべく、その反撃を開始する好機だ、とでも思おうものなら、どうやって防いだらいいのか、とても見通しもたっていない。

国庫もほぼ空にひとしかった――これはイシュタール建設のせいもあるし、イシュトヴァーンのあいつぐ遠征のせいもある。どうして、ただの船乗りだったはずの自分が国家の財政などまで頭を悩まさなくてはいけないのか、と日夜ぼやきつつ、やむなく俄勉強でなんとかゴーラの体制を立て直そうとしつづけているのだ。

（ここで、ケイロニアまでがはっきりと、ゴーラの敵たることを宣言した日には……）

ゴーラは、モンゴールには反乱をおこされ、クムはひそやかに失地挽回をねらい、そしてケイロニアが敵にまわり——四囲をのこらず強大な敵にかこまれた、という結果になる。

（しかも、いま、めぼしい武将——ってほどのしろものでもないのに、そのなかでもまだしも多少は武将といえそうなやつは、根こそぎイシュトが連れてっていっちまってるしな……）

経理や財政よりはまだしも、戦いのほうが得手ではあるが、いずれにせよカメロンはもともと、ヴァラキアの海軍提督なのだ。船いくさ、海いくさについてはかなり経験をつみ、勉強もかさねているが、内陸の、陸上だけのいくさ、というものについてはそれほど自信はない。

（だが、もしも……イシュトが本当に窮地に立ったというのだったら、どうあれ……救援に向かわないと……）

しばらく、手紙を手に持ったまま視線を宙に遊ばせていたが、カメロンはようやくおのれを鼓舞して先を読み進んだ。だが、そのおもてに一抹の安堵の色が滲んだ。それは、イシュトヴァーンがタルフォの砦で静養し、動けるようになりしだい、兵をひきいていったんトーラスに戻り、留守部隊と合流し、モンゴール反乱軍との和平を結ぶよう働きかけてから、可能なかぎり早くイシュタールへ戻るつもりでいる、と結ばれていたからである。

（なんとなく……）

ここにいて手紙を見ているだけでは、まったくものごとのなりゆきが、本当はどのようになっているのか見通すことができぬのを、またしてもカメロンはひどくもどかしく思った。また、もともとがイシュトヴァーンは、当人があまり筆がたたぬせいもあり、そうそうこまめに留守をあずかる宰相のところへなど、事情報告を定期的にしてくるほうではない。

もっともカメロンは心配でならなかったので、自分の手の者をイシュトヴァーンにつけてやり、そこからかなり定期的に報告がくるようにするよう、命じてあったし、副官のマルコにも、ちゃんと定期的に状態の報告をするように、ともいってある。だが、それもこのところ、あまりはかばかしくない。モンゴールの国内事情がかなり反乱軍のおかげで険悪になってもいたので、早馬や伝令の行き来がかなりさまたげられてもいたのだ。

（グインはどうなったんだろう……）

イシュトヴァーンに重傷をおわせた、とあるが、その後グインはまだルードの森にいて、グイン軍とイシュトヴァーン軍が対峙を続けているのか。いや、それであれば、動けるようになりしだいイシュタールに撤退する、などということは不可能だろう。ということは、イシュトヴァーンに傷をおわせて、さっとグインは引き上げてしまったのか。なぜ、国もとをあけたまま、グインはずっとモンゴール北部などにいるのだろう。

（わからん）

わからぬことは考えてもしかたない——とはいえ、気の揉めることだと、カメロンはひそやかに深い溜息をついた。

が、読み終わって書面を戻そうとして、はっとする。文箱の底が二重になっているのに気付いて、いそいでそれをあけてみた。二重底になっている公式の文箱の底から、もう一通の、これは極秘の非公式の書面であると一目でわかる手紙が出てきた。あわただしくひろげてみて、カメロンは思わず目を疑った。めったにないことに、それはイシュトヴァーンの直筆であった。

イシュトヴァーンはちゃんと読み書きを習ったことのないおのれを恥じているし、ひどく悪筆の上に非常に文字をしたためるのに時間がかかることもあって、まず自分でものを書くことなどない。せいぜいが、さまざまな書類におのれの名を署名するくらいだが、それさえもいやがってしるしをつけるだけですませたがるくらいである。だが、ひどく時間はかかるけれども、かんたんな読み書きさえ出来ないというわけではない。このとに王座についてからは、まったく読み書きが出来ないとあっては沽券に関わると思ったのだろう、多少勉強して、以前よりはずいぶんまともに読めるようだ。しかし、やはりそれは子供のような大きなつたない文字で、ひと目でイシュトヴァーンの書いたものとわかる。筆跡はたどたどしかった。

「カメロンえ

グインのやろうにわきっぱらを刺されてケガしたが、元気だから心配するな。俺はイシュタールにかえる。いろいろ心配かけてすまなかった。俺はもう大丈夫だ。モンゴールのことはうまくやる。おれが帰ったらすぐドリアンをモンゴールの大公にする用意をしてやってくれ。それがやつらをだまらせるにはやっぱりいちばんいいだろう。かえったらゴーラをもっとつよくしていまにケイロニアをせいふくしてやる。苦労をかけるがもうすこしだけまっていてくれ」

子供のような文字が紙一面に踊っていた。これだけ書くのにも、イシュトヴァーンならば相当な時間がかかっただろう。

(まして……怪我をしているというのに……)

奇妙な、うたれるものを感じて、カメロンはしばし、その手紙を手にしたまま、動かなかった。

（おかしな――ことだ……）

いつのまにか、自分が妙に胸に迫っていることに気付いて、カメロンは苦笑した。だが、目は、イシュトヴァーンからの手紙からはなれなかった。

（あいつが――こんな手紙をよこしたのは、はじめてのことかもしれん……）

（どうしたのだろう。――何か、これまでと違う……それに、『心配をかけてすまなかった』と、イシュトのほうから？――イシュトに何がおこったのだろう。――グインに負傷させられて、いったい何をどう感じたのだろう……）

ひどく奇妙の念にとらわれ、妙に胸に何かがせきあげてくるのを感じながら、カメロンはなおもその手紙を見つめていた。

それから、大切そうにその手紙をたたみ、文箱のなかには戻さずに、そっと自分の胴着の、胸のかくしにしまい込んだ。

（どうしたというのだろう……なんだか、このしばらくの――憂悶が晴れてゆくような気がする）

（それもまた、このところずっとのように……いっときだけの空だのみで、イシュトの顔をみれば――またしても気重く心が沈んでゆくのだろうか……）

（そうかもしれん。が、こうしていま胸が少し晴れただけでも……俺にとってはこのしばらくになかったような快事だ……）

あらためて、おのれがイシュタールに——いや、イシュトヴァーンの近くにきてから、どれだけ心重い出来事がかさなりつづけ、心労に心労を重ねていたのかを思い知るような気分であった。

カメロンはつと立ち上がった。小姓を呼び、「ドリアン殿下をお見舞いする。そうお伝えするように」と命じる。ふいに、ドリアンの顔を見たくなったのだ。

イシュトヴァーンとの初の対面のときに、イシュトヴァーンに無理矢理にドリアンを抱かせようとした乳母はその後、とりかえて、もっとおとなしやかなつつましい女を選んであった。

（あれは、失敗だった——俺の失敗だ。イシュトが、ああいう——親子関係というようなものに、ひどく反発したり、心に傷を負っているのだ、ということを、いい年をして、俺のほうがちゃんとわかっておいて、うまくはからってやらなくてはいけなかったんだ……）

（あいつは、母親も父親も知らない——その腕にやさしく抱かれた記憶もない。あいつが知っている抱擁は酒場女や娼婦たちの香水くさい、酒くさいものばかりで……母親の腕に抱かれた赤ん坊だったことなどないのだ。その思い出もない人間に、しかもあんな結末を迎えることになった結婚生活のかたみを、ただちに自分の子として抱きしめろ、などと——云った俺が愚かだったし、俺はなんと思いやりのないことをしたのだろう）

（アムネリスさまのことも……俺は留守をあずかっていながら、まことにふがいなかった。――アムネリスさまの決意も見抜くことが出来ず、あのような結果を防げなかった。――俺は、宰相どころか、イシュトの親がわりとしてもまったく失格だ……これだけ長いことそばにいながら、剣を捧げ、この世でただひとり守りたいものと思っていながら、イシュトの気持ちさえ、ちゃんと見抜いてやれなかった……）

だが、そのカメロンに、イシュトヴァーンが、突然に「心配をかけてすまなかった」「苦労をかけるがもう少し待っていてくれ」というような手紙を書いて送り届けてきた、ということが、カメロンは信じがたい思いだった。同時に、これまでの苦労が、癒され、春の雪のように溶けてゆくような思いと、いや、うかつに信じてはいけない、というような思いが交錯する。

執務中ではあったが、急ぎの仕事はさいわいなかったので、カメロンはただちに足を王子宮に向けた。いったん、イシュトヴァーンの機嫌を損じたこともあって生まれたばかりのドリアン王子はアルセイスの紅玉宮にうつし、そちらで養育していたが、イシュトヴァーンが遠征に出てからは、こころもとなかったので、カメロンはまたドリアンをイシュタールにうつし、自分の目のとどくところにおいておくようにさせていたのだ。そうして、イシュトヴァーンが帰国するという知らせがあったら、ただちにまたアルセイスに戻すつもりでいたが、カメロンには、イシュトヴァーンがそうして親の愛を知ることなく成人して、いまだにそのいたみをかかえていることを思うにつけ、母親の自害とひきかえに生まれ、父親には受け入れてもらうこともできず、まだおのれは何も知らぬ赤児のままですでにこの世の孤独を身にまとっているこの赤ん坊が、ひどく哀れでならなかったのだ。

（せめて……ときたまでもいい、俺が爺として、抱いてやることができれば……）

さいわいドリアンの発育はよい。母の乳を吸うこともなく母を亡くした不幸な赤ん坊だが、めのとに雇った娘も健康だし、まわりの女官たちの手で何不自由なく育ってはいる。だが、それでも、親と呼ぶものがまわりにいない、ということは、赤ん坊のいまはまだいいが、もうちょっとものごころがついてくれば、おのれの境涯、運命というものに、さぞかし疑問をもち、世の常の子供たちといかにおのれが違う生まれ育ちをしているか、についていろいろと思い悩むことにもなるだろう。

（それに――アムネリスさまのことについては、いったいいつどのようにして知らせればいい、一番いたでが少ないものか……それにもまして、おのれの名前がこのようにむごい理由でつけられた、残酷なものである、ということを知ったときには、ドリアン王子は……）

ドリアン。

それは悪魔ドールにちなむ、《悪魔の子》を意味する名前である。

（よくも……罪もない我が子にそのようなむごい名前をつけられたものだ。いかに、その子の父親憎しの思いでこりかたまっていたとはいいながら……）

そのことを考えると、カメロンはいつも、アムネリスをうらみたい気持にもなるし、また、アムネリスのことを、結局愚かな、復讐心のために幸せをつかみそこなうどころかおのれの命までをも落とすはめになった女なのだ——とあわれにも思う気持ちにもなるのだった。

カメロンは、ゆっくりとイシュトヴァーン・パレスの広い広場をつっきり、王子宮に入っていった。もとよりそれは王子宮としてたてられたものではなく、女王宮だったものを、アムネリスの死後に王子用に割り当てたにすぎない。イシュトヴァーンの新都建設の計画のなかには、まったくおのれの家族のための計画などは入っていなかったのだ。

イシュトヴァーン・パレスと呼ばれているこのいくつもの宮殿の群も、気鋭の建築家が精魂こめて建築したものではあるが、基本的にはすっきりとして、機能的で、それほどごてごてと過度に金ぴかなところはない。パロのような古い伝統ある国や、ケイロニアのように風格ある国、またユラニアのようにごてごてした建築様式をもった国のどのような宮殿からみても、きわめて簡素でむしろ質素でさえある、と云われるだろう。白と灰色を基調にして、統一感をもたせて作られたその宮殿は、紅玉宮と呼ばれるアルセイスの旧王宮とは著しい対比の妙をなしている。

（そもそも、この地は旧ゴーラ皇帝家の居城バルヴィナとしていいようにさびれかえっていた場所なのだが……）

いまは、ようやく、イシュタールが新しいゴーラの首都である、ということも少しづつ定着しはじめ、ふんだんに貿易の往来もあるようにもなり、人々の流入もさかんとなり、それにつれて、こんどは旧都アルセイスが少しづつさびれはじめている。もっともアルセイスはあまりに古く、もとから活気はもうとうになかったのだが——

王子宮に入ると女官たちがいっせいに膝をついて迎えた。女官たちのお仕着せもイシュトヴァーンがさだめた、これまたすっきりとしたものだ。もっとも女官たちのなかにはそれをいやがり、旧ユラニアのごてついたお仕着せを頑固に着ているものも、ことに年長者のなかにはいるようだ。いたるところにまだ、旧ユラニアの痕跡が残っている——それとまったく新しい、イシュトヴァーンが作り上げようとしているゴーラの気風との奇妙な混淆、それが、いまのイシュタールだった。

「いらっしゃいませ。カメロン宰相閣下」

いま、ドリアン王子の養育の責任者としてさだめられているのは、もとの乳母にとりかえられた、アイシアというユラニア人の女官だ。気だてのいい、子供好きの女である、というのを確かめてからカメロンがとりかえたものだった。

「御機嫌よう、アイシアどの。王子殿下の御機嫌はいかがです」

「ただいまこちらへ。さきほどおっぱいを飲んで、お休みになられたのですが」

「無理に起こしていただくほどのことはないですよ。では、私のほうから、ゆりかごを表敬訪問させていただくことにしよう」

「よろしいんですよ。せっかくカメロンさまがおいで下さったのですから、王子さまをだっこしてさしあげて下さいまし。王子様はカメロンさまが大好きなんですから」

「まだ、そのようなことのおわかりになる年齢では……」

「とんでもない。とても利発な赤ちゃんでおいでになりますから、もうずいぶん、ひとの顔は見分けているようでございますし、こないだは、ちょっとだけ、はじめてお笑いになったんですのよ」

アイシアも、母親を失い、父に抱かれることも愛されることもなく育つこの赤ん坊にはおおいにあわれをかけているようだった。

カメロンは奥の寝室に入っていった。そこは清潔で、広く、天井が高く、そしてたくさんの花々をいけて殺風景にみえぬようにしてあった。それもアイシアの機転だろう。

その室のまんなかに大きな天蓋つきのゆりかごをおいて、その中で、不幸な王子ドリアンはよく眠っているようであった。まだ、生まれてからせいぜい四、五ヶ月になるならずというところだ。

「ほう、だが、このあいだお目にかかったときより、いちだん大きくなられたように見える」

「お気のせいではございません。確かに、ちょっと大きくなられて、首もだいぶすわってこられて」

「赤ん坊というのは、発育の早いものだな」

カメロンは、この子をみるたびにおそわれる、ある奇妙な感慨に胸ふたがれて、じっとゆりかごのなかの赤児を見下ろした。

ふた親ともに器量自慢であっただけのことはあって、器量のよい子である。アムネリスなどはいっときは《光の公女》と通称され、中原一番の美女とさえ云われたものだし、イシュトヴァーンもまた、おのれの容姿にはひとかたならぬ自信を持っている。そのふた親のどちらに似てもさぞかし美しい容姿に育つだろうと思わせるものが、すでに、眠っている赤児の目鼻立ちの上にある。

髪の毛はイシュトヴァーンに似て漆黒であり、色白なのはアムネリス似であった。目をひらくと、その目もまた、母親と同じ神秘な緑色をしていることは、もうカメロンはよく知っている。そのこともまた、カメロンの胸をいたませた。もしも、黒髪黒い目とそこも父親譲りであったのなら、もうちょっと、イシュトヴァーンもこの子のことを心にかけてやれるだろうに、と思うのである。

（あの目をみるたんびに、アムネリスさまのことを思い出すとしたら、イシュトは間違いなく、それをいやがってドリアンさまを見たがらなくなってしまうだろうな……）

カメロンは、胸を痛ませながら、じっと、大人しくよく眠っている赤児を見下ろしていた。

2

「よく眠っておいでになる。それにずいぶんお顔立ちがはっきりしてこられた」

「はい、それはもう。おきれいな赤ちゃんでございましょう？　いまにとてもきれいな坊やにおなりになりますわ」

アイシアはイシュトヴァーンに無理やりにドリアンを抱かせようとして機嫌を損じた、前任の乳母のイラスにくらべて、ずいぶんとおっとりとおだやかな、気だてのやさしい女であった。最初から、もっと気を付けて乳母を選んでおけば、あんな不幸な初顔合わせにはならずにすんだかもしれぬものを――と、またしてもカメロンは自分を責めていた。

（俺がもっと気を付けておいてやるんだった……もっと、うまくイシュトの心をほぐし、会いたいという気持をうまく作り上げてやってから、まずは顔をみせて馴らしてゆけばよかったんだ……）

イシュトヴァーンだけではなく、いまとなっては、幼いドリアンに対しても、カメロンは、その幸不幸はすべて自分の責任のような気持にとらわれている。

（可哀想な子だ。――可哀想な……ふびんな……）

なんとなく、どうしても、カメロンには、おのれがついに持ったことのなかった、血をわけた孫――のように、このドリアンが思われてならないのだ。

イシュトヴァーンへの愛情はこのしばらくで、カメロンのなかでずいぶんと屈折した、複雑に錯綜した苦いものも混ざり込んでしまっていたが、それでも、イシュトヴァーンを、（おのれの息子……）と思う気持ちには違いはない。本当に血がつながっていればどれほど話は簡単だっただろうと思う一方で、いったんおのれのあとつぎにしようと見込み、そしてそのあとのイシュトヴァーンの迂余曲折きわまりない、あまりにも波乱に富んだ人生を知るにつけて、（おのれの一生を、こいつにやろう……）とまで思い定めて、祖国も、さだまっていたおのれの人生をも投げ出してはるか沿海州のヴァラキアからこのゴーラへまでやってきた、その思いあればこそ、まことの血がつながっているよりもはるかに重いきずながある、とも感じている。

だが、イシュトヴァーンに対しては、ことに昨今かなりにがいものや心配なものばかりがあったが、いま目の前で眠っている幼子については、あわれみとふびんといとおしさ以外の何も、入り込む余地がない。この子よりも無垢なものは地上に存在せぬだろう、とカメロンは思うのだ。

(可哀想に、こんな幼い——まだ何もわからぬうちから、こんな重たい運命のくびきをかけられて……)

その最初の重い運命のくびきとはまさしく《ドールの子》というその残酷な名、そのものだ。産褥で自害した母の、もしかしたら、彼女が自害する決断をもたらしたのはおのれの誕生そのものだった、と知ったら、この子はどのように傷つき、苦しまなくてはならないのだろう——そう考えると、いっそ、この赤ん坊をひきさらって、誰も、何もよけいなことを知らせない、遠いしずかな誰もいないところへいって、おのれの手だけで養育し、いつくしみはぐくんで人としてやりたいような誘惑にかられる。

(でなくとも……俺にとっては、イシュトヴァーンをおのが息子とも見込んだからには——そのイシュトの息子とあるからは、この子は俺の——俺にはまさしく、孫そのものだ……)

我が子よりも、孫にはいっそう、ふびんがかかってならぬのが、ひとのことわりかもしれぬ。

(たぶん——俺も、年をとったのだな……)

カメロンは結婚したことも、しようと思ったこともない。

ずっと海上にあり、一年の大半を船の上で暮らす身として、愛する女性をおきざりにしてずっとはなれてすごし、子供の養育にも責任をとれないような、おのれの身の上をかんがみて、妻をめとることも、愛人をもつことさえもしないできた。仲間はすべて同じ船の乗組員たちであり、おのれの家は七つの海——そうさだめて生きてきたのだ。それがはからずもいま、陸の、動かぬ陸地の、それも海ひとつ見えぬはるかな内陸の国の住人となり、もう船出することもなくなった。そのいまになって、（そのようになるのだったら……俺とても、愛する女性と幸せな家庭のひとつも築いて、夢をたくし後事をたくす子供をもうけてもおくのだった……）と、カメロンは、悔いるというのでもなく、憧れることがある。その思いはどうやら、カメロンがいっときだけ、仄かに心をかけた《あの女性》——強く剛毅で、しかも優しく女らしい、トーラスの吟遊詩人の妻タヴィアが、腕に生まれたばかりの赤児を抱きしめてほほえみかけるのをみたとき、生まれそめたものであるらしかった。

（あのひとは……一瞬前まで、阿修羅のように戦っていたことなど、とうてい信じられぬような、聖母の顔で、命冥加なあの赤児を胸に抱き、この上もなく神聖な、この上もなく幸せそうな——あれほど美しいものを見たことがなかったと俺は思ったものだった……）

おのれが決して、おのれの子を胸に抱くおのれの妻を持つことはないのだ、とそれを見ていて思い知ったときから、カメロンは、ずっと、それまで思ったこともなかった孤独をひそかに抱きしめるようになったのかもしれぬ。

(あのひとは……そののち、ケイロニア皇帝家に迎え入れられ――いまは、ケイロニア第一皇女としてケイロニア全国民に慕われ、愛されているという……それも当然だ。あのひとは俺の知ったどんな女性より気高く美しく、強く、そして剛毅で……優しかった……)

そして、あのときタヴィアの胸に抱かれ、母となったばかりのタヴィアが誇らしさに頬をほてらせていた、あの可愛らしい小さな生命は、ケイロニアの皇帝のただひとりの孫娘マリニア姫として、これまた麗質を国民に愛されている、という話もきいている。だが、不幸にして生まれながらに耳に障害をもち、それゆえにいっそう獅子心皇帝アキレウス大帝の愛情はこの母子にたいし並々ならぬ、ということもきいていた。

(耳が不自由だとしても、あのような母に愛され、祖父に守られ愛され――国民にもこよなく愛されて、幸福な姫君だろう……それにひきかえ、この子は……)

思うにつけても、ふびんがかかってならぬ。

(同じ赤児でありながら……これほどに幸薄い生まれつきの子もいるものか。他人の手にだけかかって育ち、母親に抱きしめられるどころか、悪魔の子と罵られ憎まれ……)

カメロンは思わず目がしらをおさえた。そのとき、ぱちりと、ドリアン王子の目がひらいた。きげんのよい目覚めであった。そのようやくはっきりしてきた顔に、天使のような可愛らしい笑いがうかんだ。

「おお。もう、お笑いになるのか」

「はい、それはもう、天使そのもののような顔でお笑いになります」

嬉しそうにアイシアが答える。

「おお、よしよし。お目がさめたのね。カメロンさまがおいでになっておられますよ。だっこしていただきましょうね、殿下、ドリアンちゃま」

「いや、私は……」

「抱いてさしあげて下さいまし。殿下にとっては、カメロンさまが、本当のおじいさまのようなものなのですから」

「ああ……」

おのれも、老いたな――

その感慨がまたしてもカメロンの胸をとらえた。

カメロンはおそるおそる、アイシアが抱き上げたドリアンを、おのれの腕にそっと受け取った。赤ん坊の扱いなど知らぬ。何回かドリアンをその腕に抱かせてもらったことはあるものの、そのたびに、いまにも取り落としてしまいはせぬかと、なんともいえぬ恐怖にとらわれ、びくびくしていたものだ。それでも、何回かそうしたので、ようやく多少、こつはわかってきたように自分では思われる。

「おお、よいお子だ。よいお子だ」

「ほうら、泣きもいたしません。もう、カメロンさまのことは、おわかりなのだと思いますわ」

「いや、さすがにまだ覚えてはおられまい。私にせよそれほどしげしげと通ってだっこして差し上げているわけではないし」

「いいえ、でも、ほかに男のかたというものを、ドリアンちゃまはまったく見てもおられませんもの。私たち女とは違うかたがおひとりだけいられる、ということは、ようくおわかりだと思いますわ」

「そうか……」

アイシアは聡明な女なので、父親であるイシュトヴァーンがこの子を抱いてやらぬというのはひどい、などということはおくびにも出そうとしない。

カメロンは不安な気分で、腕にかかえあげた幼子をそっとおっかなびっくりゆさぶった。いまにも取り落としそうな恐怖にかられると同時に、いまにもわあーっと大声で泣き出されるのではないか、いまにも腕のなかでふっとはかなくなってしまうのではないか、という、そんな思いにかられてしかたがない。

(なんとまあ、小さいことだ……なんとはかなげでもろく……なんという小さな小さな手だ……)

その手は妙にぎゅっと握り締められている。その細い細い小さな指のさきに、小さな小さな爪がちゃんとそろっているのが、なんとなく、ひどくいたましいような気持をカメロンに起こさせる。

(イシュトも……こんな可愛らしい赤ん坊だったときがあったのだろうに……アムネリスさまとても……)

(ひとは、だれも――たとえアリの野郎でさえ、この俺とても――かつては赤ん坊だったのだ。そして、こうやって……誰かの腕に抱かれて育ってきたのだ……)

(いや……イシュトにせよ、アリにせよ……そうやって抱きしめられることなく育ったからこそ、あんなにいろいろと――病気をかかえこむことになってしまった、というのだろうか……だとしたら、結局このような年頃のときから、もう人間ひとりひとりの運命というのは、さだまってしまっているということか……この子にしてもそうだ。何も知らず天使のようにあどけなく俺の腕に抱かれているこの子――あと十五年、二十年ののちにはどんな若者になり……どんな凄惨な運命、どんな修羅の運命のなかにいることだろう……)

何にせよ、ドリアンの人生が、平穏無事なものになるとは考えも出来ない。

そもそも、生まれ落ちたときから、そうやって不幸な劇的なさだめを背負ってこの世に誕生してきたのだ。しかも父親はあのイシュトヴァーンである。それだけでももう、この子の一生が、なにごともなくすまされようとは思えない。現実に、すでに、もう母親を産褥で失い、父親にはじめて対面したとき、あわや床に叩きつけられそうになる、という不幸が、何も知らぬうちからこの子を訪れているのだ。

(可哀想に……なんとかして、その運命をかえてやれるものなら……いまからでも、タヴィアの二番目の子に——マリニアの弟に生まれ直せ、と神様に訴えて親をとりかえてやりたいものだが……)

イシュトヴァーンは、悪い親になるだろうとか、ならないとかいう以前に、そもそも、まったく「人の子の親」になる、ということが理解できぬようだ。それは、かれ自身が親というものを持ったことがないのだから、理解しろ、というほうが無理というものだろう。まして、大量の人を殺し、裏切り、裏切られ、凄惨な血まみれの人生をしか渡り歩いてこなかったイシュトヴァーンである。

「可哀想に……」

思わず、吐息が声になった。

その声がきこえたかのように、ドリアンは、ぱっちりと目を見開いてカメロンを見上げた。カメロンの腕に抱かれていることをわかっているのかいないのか、その口もとに、それこそ天使のような——としか言いようのないような愛らしい微笑みが浮かびあがってきた。

「おお」

むしろカメロンのほうが驚いてひるんだ。

「笑った。笑ったよ、アイシアどの」

「このごろ、よくお笑いになるんですのよ。まだ、お声はたてられませんけれど、それもうじきでしょう」

「そ、そうか。……どうすればいいのかな。ゆさぶってはいけないのかな」

「ちょっとなら、お喜びになりますよ。あまり強くゆさぶらなければ、赤ちゃんはみんな、ゆさぶってあやされるのが大好きですから」

「そ、そうか」

自分が動転している、と思いながら、カメロンはそっとおっかなびっくり赤児をゆさぶってみた。すると、ドリアンは、ぱっちりと大きな緑色の瞳をまたたかせ、小さな喃語のような声をあげた。

「おお」

またカメロンは動転した。

「こ、声を出した。何かいったぞ。いま、アー、アー、と確かにいった」

「まあ、おかしなことを」

アイシアはおかしそうに笑い出した。

「それは、おっしゃいますよ。赤ちゃんなんですから。カメロンさまは、赤ちゃんはほ

とんどだっこされたことがないんですのね」

「ないですよ。私には家族もいない。したがってわが子も孫も抱いたことなどなかったからね」

「それでは、ぜひとも、ドリアンさまをしょっちゅうだっこしてあげて下さいまし。赤ちゃんには、だっこが必要なんです。——それに、おかわいそうなお生まれのお子でおいでになるんですから」

思わず、カメロンはアイシアをみた。さほど美しい女というわけではない、年輩の乳母だが、心のやさしそうなおだやかな顔立ちをしている。彼女は、この、親の愛にめぐまれない王子である赤ん坊を、ことのほかふびんに思っているようすであった。

「そうだね……」

カメロンはつくづくとつぶやいた。そして、また、おそるおそるドリアンをゆすりあげた。また、ドリアンの笑顔が顔一杯にひろがる。その口からまた機嫌のよい、「アー、アー」という声がもれる。

カメロンは胸が痛むのを感じて、いそいで赤児をアイシアに渡した。

「もう、よろしいんですか。もっとだっこして差し上げて下さいまし」

「また、来るよ。そのときにはもうちょっと馴れているようにしましょう」

「まあ、もう、お帰りになりますんですか？」

「ああ、ちょっといろいろと仕事のあいまを抜け出してきたので、あまりここでのんびりと油を売っているわけにもゆかない。また、近々にドリアン殿下の御機嫌伺いに参りましょう」

「お待ちしております」

乳母たちに丁重に挨拶されて、部屋を出ようとしたカメロンは、突然に、赤児が泣き出したのにはっとなって足をとめた。アイシアが、ドリアンをゆりかごに戻そうとしたのが、ドリアンには気に入らなかったらしい。激しい泣き声であった。いまさっき、機嫌よく笑って喃語を発していた同じ赤児とは思えないほどに、突然両足を突っ張らせ、顔を真っ赤にしてドリアンは激しく泣き出していた。

「あらあら、ドリアンちゃま、いけません、いけませんよ。お泣きになってはいけません」

あわててアイシアがまたかかえあげてゆさぶりだしたが、ドリアンは何が気に入らないのか、火がついたように泣いている。

「ど、どうしたんです。どこか、痛むのかな」

あわてて、カメロンはきいた。これだけ小さいと、なんだかいまにもふっとはかなく息がとまってしまうのではないか、というような恐怖心がどうしても抜けない。

ドリアンを抱いて一生懸命あやしていたアイシアは、困惑したようにカメロンを見上げた。

「ちょっと、癇のつよいたちではおられるみたいで——突然、こうやって泣き出されることが、けっこうあるんです。そうなると、なかなか泣きやまなくて……このあいだも、一晩じゅう大泣きされて、私ども女官もずいぶん困りました」

「……」

カメロンは、眉をかすかによせた。

いまのうちから、こんな幼い赤ん坊に、父親の血との共通点を見出そうとしすぎるのはばかげたことだ——とは思ったが、一方では、なんとなく、それこそ、まさにイシュトヴァーンの気分の変わり方の早さと激しさにまっすぐに通じているのではないか——というようないやな感じがあった。あまり、イシュトヴァーンというのは、性格的に似てほしいような父親でもないな、とあらためて思う。

（むしろ……似てしまったとしたら、ドリアン自身が可哀想というものだろう……それは、魂の平安をなかなか得られなくなる、ということを直接に示しているような気がする。……いや、だがようやくいま、イシュトヴァーンは少しづつは、以前とかわりかけているところなのかもしれないが……）

それにしても、それはおだやかさとも平和とも、そして幸せともあまりにも縁のない性情であることは確かだ。むしろ、そうやって穏やかさや平和や幸せが訪れようとすればするほど、イシュトヴァーン自身が、それをおのれの手でぶち壊そうとしはじめる、というようなところがある、と思う。

「困りましたね。泣きやまないわ」

アイシアは困り果てたようにいう。

「おお、よしよし。泣いてはいけませんよ。ドリアンさま、ドリアンさま」

「どう——したのかな。どこか、痛い……のかな？」

「普通ですと、おしめが濡れていたり、おなかがすいていたりするんですけれどもねえ。さっきおっぱいをあげたばかりだし、おしめも——おお、濡れていませんねえ。どうしたんでしょう。癇の虫だわ」

「………」

カメロンは、なんとなく、火のついたように泣き続けている赤児をおいて立ち去りがたく、困惑した。それがひどく不人情なような気がするし、といって自分がここにいてもどうすることもできない。アイシアのような馴れた女で泣きやまないのだったら、おのれがどうしようあてもない。

アイシアは困りきったようにドリアンをしきりとゆすぶっていたが、ふいに、カメロンにドリアンをさしだした。

「え」

「ちょっと、抱いてみて上げてくださいまし。さっき、カメロンさまにだっこされていたときにはあんなに御機嫌だったんですから」

「馬鹿なことを……私はそんな……」

「ちょっとでよろしいですから。ものはためしですから」

アイシアにすがるように見上げられて、カメロンは当惑しながら、またアイシアの手から、泣き叫んでいるドリアンを受け取った。両手両足をつっぱらせ、顔を真っ赤にして泣きわめいているのを抱くのは、さっきのおとなしい赤ん坊を抱くのと違って、いまにも取り落としてしまいそうでひどく恐ろしかったのだが。

ドリアンは、いっそうひどく泣きわめいた。が、それから、奇妙なことがおこった。ドリアンは、明らかに、抱き手がかわったことに気が付いたようだった。その泣き声が低くなり、緑色の目が大きく見開かれてカメロンを見上げた。

と思うと、ドリアンは、急に泣くのをやめて、まだ真っ赤な、涙に濡れた顔に、またしても、にっこりと笑いをうかべたのだ。

「まあッ」

アイシアが驚愕にたえぬかのように叫ぶのを、カメロンは驚きながらきいていた。

「わかるんですのよ。この子、おじいちゃまだと思っているんですのよ。ドリアンちゃまは、カメロンさまのことが、大好きなんですわ。やっぱり、私の思ったとおりでしたわ。カメロンさまからはなされたから泣き出したんです」

「そんな——そんなことがあるものか、まだこんな小さいのに……」

「お小さくても、好きな人は……御自分をとても可愛がってくれる人のことは、赤ちゃんはみんなよくわかるんですのよ。それにドリアンちゃまは——ほかによるべのないお身の上ですから、カメロンさまのことを頼っていられるんじゃないでしょうか、赤ちゃんの何もわからない気持のなかでも」

アイシアはちょっと口ごもった。

「申し訳ありません。よるべのない、などとうかつなことを申し上げました」

「いや……構わないが……」

カメロンは困惑して、泣きわめいていたことなど忘れたかのように機嫌よくなって自分の腕におさまっている小さないのちを見下ろした。まだその顔は真っ赤にほてってているが、もう、いごこちよさそうにカメロンのたくましい腕に抱かれている。カメロンの腕に抱かれると、それこそ、人形よりももっと小さくはかなく、そして華奢にみえる。いまにも消滅してしまいそうに小さい——カメロンはなんだか途方にくれた心持で思った。

(この子は……こんな幼い赤ん坊のうちからもう……俺が、俺だけがお前の行く末を本気で案じているただひとりの人間かもしれない、ということを感じ取っているのだろうか……よるべない、とアイシアはいう。まさしく、よるべのない子だ……それゆえに、この子は、これまでにもまだ何回か訪れておぼつかなく抱き上げてやっただけの俺こそが、頼むべき、祖父みたいなものだ、ということをかぎあてて、感じ取っていたのだろうか。——だとしたら、赤ん坊の直感力というのは、なんと鋭い……)

(なんとか、イシュトにこの子を、ちゃんと父親として愛するようになってもらえないものだろうか。——なんとか、そのようにイシュトを……説得などということが出来るやつではない。だが、あいつは、小さい子に対してはいつも優しかったはずだ。ヴァラキアでもそうだったし——そもそもヴァラキアではチチアの王子と慕われて小さな子たちをまわりにいつもあつめて餓鬼大将になっていたし、オルニウス号を頼ってきてヴァラキアを出奔したのだって、おおもとは小さな子を助けようとしたからだったはずだ——それに、あいつは、俺の会ったことのない、あのリーロとかいったユラニア人の子どもを可愛がって、それこそ、息子か弟のように愛していたという話もきいた……リーロがアリの野郎に殺されたという話で、やつは逆上してアリを切ったのだ……)

(だから、うまく、こないだみたいなへまをしないようにしむけてやれば……たぶん、イシュトはドリアンを愛してくれるはずだ……そうなれば、イシュトも——はじめて、おのれの愛する家族がいる、ということになる——それが、イシュトに悪い影響を与えるはずはないのだし……現に、ドリアンをモンゴール大公にすることをも受け入れてくれたのだから……)

カメロンの物思いは、はてしがなかった。

3

その、ころ——

「お呼びになりましたか。陛下」

目のみえぬ黒衣の選帝侯、ローデス侯ロベルトが小姓に手をひかれて、ケイロニア黒曜宮の、アキレウス大帝の居間に入っていったとき、アキレウスもまた、届いた手紙を手にして、机の前に座っていた。むろん、その光景はロベルトには見えぬことであったが。

「おお、きたか、ロベルト。呼び立ててすまなんだな」

聡明で物静かなローデス侯ロベルトは、目が不自由といいながらもアキレウス大帝にとってはもっともよき参謀であり、つねにかわらぬ誠実な相談相手である。他の誰にも告げることのできぬ悩みをかかえたとき、アキレウスはつねに、ロベルトを呼ぶのを習慣としていた。ずっともう隠居所として光ヶ丘に星稜宮をもうけ、そちらに長女オクタヴィアと愛しい孫のマリニアともども静かで平和な生活を送っていたアキレウス帝であるが、このところは、直接に国政を代行していてくれたケイロニア王グインの不在を案じて、ずっと黒曜宮に家族ともども戻ってきている。ロベルトも当然、それにともなって黒曜宮に戻っていた。

「どう持ちまして……お声のご様子では、何か、お気がかりなことが？」

「少しな。……いや、お前相手に何を隠したところではじまらぬ」

アキレウスは、苛立ったように机を叩いた。

「小姓。はずしてくれ」

「はい」

「ロベルト。さきほど、救出軍に同行しているパロのヴァレリウス配下の魔道師から、報告が届いた」

「グイン陛下のお行方が、わかりましたか」

「わかった――ことはわかったようだが、いささか……困ったことになっているようだ」

「と、申されますと」

「いったいこれはどのようななりゆきになっているのか、わしには、その魔道師の報告からだけだと、よくわからぬのだが……」

アキレウスは指でこめかみをおさえた。

「ハゾスを呼んで相談する前に、ちょっとおのれの心をまとめておきたくて、お前を呼んだのだが……」

「はい。陛下」

「魔道師の報告するところによれば、グインが辺境のルードの森にあらわれた。そして――そこで、なんとゴーラ王イシュトヴァーンの軍勢と戦い、ゴーラ王に重傷をおわせた、というのだが」

「はい、陛下」

「お前はよいな、ロベルト。お前とハゾスとグインだけだ、何をきいても、むやみと驚いたり、叫んだりせぬのはな」

アキレウスは云った。

「だから、他のものには云いたくない。騒いでもしかたないようなことでもやみくもに騒ぎたてるゆえな。――これがいったいどういうことなのか、わしにもまだ皆目わからぬ。ただ、魔道師が情報を集めて報告してきたからには、それはまことのことだろう。だが、そのへんのいきさつは、問いただしたのだが、魔道師にもわからぬようだった」

「その魔道師は、ヴァレリウスどのの配下であることは確かでございますね？」

「確かだよ、ロベルト。それに、ヴァレリウスもそれをきいて驚き、みずから情報収集に出かけた、というのだが――しかし、イシュトヴァーンがいっときグインをとらえていた、というのは確実であったらしいのだが、その後、グインはまた姿を消していて、そしてイシュトヴァーン軍は、イシュトヴァーンの重傷により、ルードの森を撤退し、タルフォの砦に入ってイシュトヴァーンの治療に専念しているようすだ、というのだな」

「ほう……」

「わしは、どう考えてよいかわからぬ。——むろん、考えがまとまりしだいハゾスを呼ぶが、ハゾスはことのほかグイン贔屓だ。ほかのことではあれだけ冷静なハゾスが、グインのこととなると、そのときだけやや冷静さを欠くようにわしには思われてならぬ」

「さようでございましょうか……」

「わしもそういうきらいがあるかもしれぬがな。だから、お前の意見をききたいのだよ、ロベルト。お前はそのような感情には煩わされぬ。——かえって、グインのまことのすがたを見ることがかなわぬことが、お前の判断を曇らせないのだろうとわしは思っている。——その後、しかしまた、さらに奇怪な情報があった。なんでもモンゴール－ユラニア国境のユラ山地周辺できわめて大規模な山火事が発生し、いっときは大変な被害を出したようだ——といって、そのあたりはまったく人間は住んでおらぬところゆえ、被害は山林を大量に焼いた、というだけのことであったようだがな」

「はい……」

「ヴァレリウスからの意見として、あるいはグインがそれにまきこまれているのではないか、とも思うがさだかではない、ただもうイシュトヴァーン軍の中には、グインらしき虜囚の姿はまったくないそうだ、という――この、イシュトヴァーン軍が突然そこにあらわれたというのは、結局モンゴールの反乱軍を鎮圧にトーラスに入っており、そのままかしらだったところを追跡してノスフェラス方向へ深入りした、ということのようだが……」

「はじめから、救援軍の一致したみかたとして、グイン陛下はノスフェラスにおられるのではないか、ということがございましたね。とすれば、必ずしも、偶然によってノスフェラスにおられた陛下と、ノスフェラス方向へ進撃していたイシュトヴァーン軍とがぶつかる、ということは、ありえないことではございますまい」

「そのとおりだ。だが、わしにわからぬのは――」

アキレウスは思わず吐息をもらした。

「グインがなぜ、イシュトヴァーン軍と戦い、イシュトヴァーンに手傷をおわせた、というようなことになったか、ということだ。イシュトヴァーンの傷はかなり重いらしい。――だが、いかにグインといえど、いかに奴が稀代の戦士といえど、ただひとり、単身で、それなり剽悍で知られるイシュトヴァーン軍をうちやぶり、これまた戦士としては名うてのイシュトヴァーン王をたおす、などということが可能だろうか。――もうひとつ、グインは慎重なやつだ。そしてやつほど、軽挙妄動に走るおそれのないものはない。そのやつが、なぜ、イシュトヴァーン軍と戦うなどということになったのか――」

「それは、もう、お命があやうくなれば、いかにお考え深いグイン陛下とても、やむなくおのれを守るために剣を抜かれる、ということはおありなのではございますまいか」

「おぬしはそういうが、ロベルト。――というより、ゴーラについては、わしはいまだにその対応について心定まらぬところがある。ゴーラそのものが定まらぬゆえ、わしにせよハゾスら閣僚にせよ、ゴーラ、というものを、すでに確立された国家とみなしてよいものか、それとも、不幸にしてユラニア大公家の滅亡ののち、たまたまいまだに長期間にわたって野盗、山賊のたぐいにユラニアが支配されることとなっており、それがゴーラ王国を僭称している、と考えて黙殺すべきなのか、それについても心を決めかねている。――ゴーラのこれまでになしてきたことは、かなりわしにとっては許し難いことばかりだ。ゴーラの、というより、イシュトヴァーンの、かな」

「はい」

「だが、それと、そうしてゴーラ軍とのあいだに勝手に戦端を開く、というようなこととはまったく別問題だ。むしろ、ケイロニアがゴーラに対しての確定された立場をさだめられずにいるからこそ、いま、そのような短慮というか――」

アキレウスはまた眉に皺をよせ、机についた手でこめかみをおさえた。

「わしには信じられん」

その口から、重々しい声がもれた。

「グインほど慎重かつ、大胆に行動するやつはおらぬ、とずっとわしは信じている。ときに一見だけではきわめて無謀な、あるいはときとしてわしにたてつくような行為にさえ見えても、最終的には、やつのとった行動というのは必ず、きわめて慎重に考えぬかれたものであり、決してわしの国策にたてつくことはなかった。それはむろんわしはいまでも信じている。だが、それだけに——イシュトヴァーンに重傷をおわせた、というのが、わしにはどうにも理解できぬ。グインの行動として、いったいそのようなことがありうるものだろうか」

「………」

「イシュトヴァーンはゴーラにとっては、まあいってみればゴーラそのものを象徴する、というべき存在だ。というよりも……イシュトヴァーンなくしてはゴーラなどという国家は存続することはないだろう。一応、いまはもとヴァラキアの海軍提督であったカメロンが、宰相として留守を預かっているようだが、それも結局のところ、イシュトヴァーンあってのゴーラの留守番役、というだけのことでしかないのだろうからな。——そのイシュトヴァーンがもし、野望なかばにして斃れるとせば——どうなると思う。ロベルト」

「さようでございますね……二つにひとつ、唯一の頭を失ってゴーラは雲散霧消するか、あるいは、逆に、ただひとつの希望を失い、自暴自棄になってがむしゃらにその仇をうつことを次なるさいごの目的とするか、でございましょう」

「その、仇、というのが、このケイロニアの王のしたことだとしたら、その仇というのはわがケイロニアということになるぞ」

困惑したように、アキレウスは云った。

「ウーム……信じられぬ。わしはこの長年の間、グインというのは決してそのような無謀なことをしてケイロニアに危難を招くような男ではないと信じてきた。むろん、どのような事情があってのことかはわからぬ。それこそ、お前のいうとおり、命をおびやかされ、やむなく戦うということもあろう。——もし単身イシュトヴァーン軍を切り破ってイシュトヴァーンを傷つけたようなことが本当にあり得たとしても、それもグインであればやりかねん。数千人の軍勢を出し抜くくらいのことはしても不思議ではない、と思わせるだけの力は秘めたやつだ」

「御意——」

「だが、もしそのようなことがあったとしても、きゃつだけは——そう、わしは信じているのだが、きゃつは決して、ケイロニアをおのれの軽挙妄動や軽はずみのゆえに危機に追い込むようなことは、ちょっとでもする男ではない、と——ずっとわしは信じてきたのだが……」

「……」

「わからぬ。──なんとも、もどかしい」

期せずして、遠いイシュタールの都でカメロンのいだいていたのと同じ思いを、アキレウスは苛立たしげに吐き出した。

「このサイロンにあって、いったい何がどうなっているのか、まったくわからぬというのが、なんともかとももどかしい。──といって、グインを信ずるわしの気持にちょっとでもゆらぎが出来たというようなことはないが……それにしても、わからぬ。グインはなぜ、ルードの森にあらわれたのだろう。いったいどのような事情があって、モンゴール反乱軍を追ったイシュトヴァーン軍と衝突し、そのような結果を招くことになったのだろう。──むろん、ゴーラについても、我々はいずれ対応を本格的に決定せねばならぬ。その時期は、いまであってならぬ、ということはない。──だがいずれにもせよゴーラは隣国だ。ゴーラ、というものを認めるにせよ、認めぬにせよ、国境ひとつをへだてた隣に、そのようにして、敵がいるか、それとも味方がいるか、あるいはそのどちらとも決めかねるものがいるか──それはわしにとってはとても大きな問題だ。……むろんいまのケイロニアはいろいろな意味で万全だ。たとえ黒竜将軍と金犬将軍が二人ながら都をあけているといっても、その程度の手薄ではちょっとでもケイロニアの万全の警備がゆるんだとは言い難い、というのはきわめて我が国は恵まれた状況にあるといってよい。それに反してゴーラは国家としてもなかなかに成立しがたい状況にある。事実上イシュトヴァーンがいなければゴーラ軍をひきいてケイロニアに攻め寄せるような武将はただのひとりとしておるまい。カメロンはよい武将だが、もとより海軍軍人だ。海のいくさにはたけていようと、陸のいくさにも同じくたけているかどうかはわからぬ。――ほかにはいまのゴーラに、そのような、わがケイロニアに喧嘩をふっかけにこられるような無謀な者は一人としているまい」

「御意……」

「だが――そうだな、ロベルト。わしはやはり、お前に意見をきくというよりは、お前にわしの考えをきいてもらって、そのあいだにおのれのなかでしだいに心が固まってくるのを見つめるのが好きなのだろうな。そしてお前は決してそれをいらぬ差し出口でさまたげることがない。その意味では、やはりお前がもっともわしには信頼できる」

「かたじけなきおことばにございます、陛下」

「ゴーラについては、われらケイロニアもそろそろ本腰をいれて対策を考えねばなるまい」

アキレウスは呟くように云った。

「いつまでも、野盗の成り上がりのと無視しているわけにもゆかぬ段階にそろそろ、ゴーラは発展しつつあるようだ。むろんこのたびのイシュトヴァーンの負傷によって、またどのように、ゴーラが変容するかはわしにはわからぬ。だが、いずれにもせよ、そろそろわが国としては我が国独自の対ゴーラ政策を確定しておかぬわけにはゆかぬ。ウム、そうだな。そろそろ、それについての委員会でももうけさせ、ただちに対策の研究に入らせることにしよう。まあわしも国政から手をひいたと宣言はしたものの、それはあくまでもグインがあっての話だ。そのグインがこうして不在であるというからには、わしがやはり、また復帰せぬわけにはゆかぬな」

「それはもう、陛下こそは、大ケイロニアのいしずえそのものでおいでになりますれば」

ロベルトは静かに微笑んだ。

「ご案じなさいますな。グイン陛下はおそらく、それなりのお考えあってのこと——何も考えなしにそのような無謀な行動をとり、ケイロニアの国策を危機に陥れるようなことは、陛下は決してなさいませぬ。そうロベルトは信じております。——おそらく、陛下がそうされたからには、何かそれ以外にしかたない、あるいはよほどその奥に隠された事情なりとおありだったのでございましょう。それよりも、その山火事のほうが心にかかります。ただいまはトール将軍、ゼノン将軍ともどもに、ユラ山系にむかっておられるはず、万一にもその山火事の奇禍を受けるようなおそれがありますと……」

「まあ、それは――きゃつらとて歴戦の強者、そのような馬鹿げたことはすまいが……」

「ご心配でございますね」

ひそやかにロベルトは云った。

「万一にもグイン陛下がそのような山火事に遭遇されるようなことがあっては――そう、陛下は御心配なされておいでなのでございましょう」

「いや、だが――きゃつは強運、という点では人後に落ちぬ。そのことは、いろいろきゃつのことを思うたびに、わしはずっと感じてきた。だから、いかに大きかろうとたかが山火事などでどうこうというようなことはきゃつに限ってはありえぬ」

「もちろんでございます」

「またその山火事というのも、その後どうなったのかも皆目わからぬ。どのていどの規模のものだったのか、どの程度の被害が出たのか――こういうときは、なかなかもどかしいな。わしが出馬して見にゆくわけにもゆかぬ。――それでも、やはり魔道師というものはずいぶんと便宜なものだ。ユラニア北部からサイロンまでをほぼ二日ほどでやってきて、報告を持ってきてくれたので、通常ならば、このような情報が入ってくるのは、十日なり半月なりたってからのことで、すべては手遅れだ。それを思うと、魔道師というものはなかなかにたいへんなものだな。武力弱体なパロがあれだけの長きにわたって中原に君臨し得たというのも、つまるところは、魔道を全面的に利用した、その行き届いた情報網の早さのゆえなのだろうな」

「はい……」

「グインは王の称号を得てから、わしに進言して非常にこの情報ということに気を遣い、ケイロニア軍及び政府全部に対して、情報の早期入手とその伝達網の徹底ということを提言してきた。そのおかげで、ますますケイロニア軍は強力になったとわしはきいておる。——グインは魔道師をいれることも考えたようなことを云っていたことがあるが、それは、わしが、それではパロになってしまう、ケイロニアはパロにはならぬ、わが国風にはやはりそれはあわぬ、といってしりぞけた。——だが、このようなことになると、どうも、しまった、魔道師をもっとかかえておくのであったと思うこともあるな、正直」

「さようで……」

「ルードの森で何がおこっているのだろう」

アキレウスはもどかしそうに平手でそっと机を叩いた。ロベルトを驚かせぬよう、あまり大きな音ではなかったが。

「あの辺境もまた神秘な、あやしきところだ。——わしは絵でしか見たことがないがな。あの深いふしぎな森にはさまざまな不思議な、ルードの森独自の生物たちが生活している、あやしい森人や独特の種族もいるときいている。——その森のなかを、かの豹頭のグインが進んでゆく——なにやら、吟遊詩人の歌い上げる絵のような光景ではないか。わしには詩ごころはないが、そのようなことを思うただけで、なんとなくわくわくするような心持がせんでもないよ。——あやつはまったく絵になるやつでな」

「ひとたびはこの目で拝見したいものでございますが——所詮かなわぬことでございますし」

ロベルトはおだやかに笑った。すでに、そのような思いは超えた、心の平安を得たものの笑いであった。

「それよりも、ゼノンどのたちのほうも気になります。ユラニア通過は無事にいったとして、そうするとこんどは山火事が待ち受けているわけなのでしょうか。なんだか、おかしな時期におこるものでございますね。——その地方では、とりたてて火災が多いということもございますまいし、いまの季節に山火事がそのようにひろがる、などという話はあまりきいておりませぬが、やはり、それも何か、イシュトヴァーン軍とかかわりがあるのでしょうか？」

「わからぬ」

アキレウスは首をふった。

「それがわかれば苦労はせぬ——というものだな。だが、とにかくひとつだけわしは信じている。グインは大丈夫だ——そう思うていなくては、心配で心配でどうなるものでもない。夜半にふと目をさましたときなど、わしは、いったいいまごろ、グインはどこにどのようなところに、どのような人々とどうしているのだろうと考えてもう、いてもたってもいられなくなって、それぎり眠りにつけなくなってしまうことがあるよ」

「陛下の、グイン陛下を想われるお心はまことに深いのでございますねえ」

ロベルトは感嘆したように云った。

「よくせきこれは前世からの御相性、えにしというものなのでございましょうか。——そもそも陛下が黒曜宮に傭兵としてダルシウス将軍につれられ、伺候されたときよりして、陛下はいたくグイン陛下をお気に入りであられました」

「そうであったな。なんだか、あれがもう、何百年も昔のことのように思われる」

アキレウスはしみじみと云った。

「まだ、あれから十年とはたっておらぬのだな。それがなんだか、まことに信じられぬ。——これまで、あやつのいなかったときにわしがいったいどのようにして過ごしてきたものであったのか、それがもうまったく思い出せぬ。——それほどに、やつはもうわしにとっては、まことのただひとりの血をわけた息子としか思えぬ。……どのようなヤーンの運命の結びあわせにより、あのような豹頭の不思議な男と、これほどまでに深くちぎりかわすようになってしまったものか……」

「御意――」

「だが、やつがルードの森のあたりにいた、ということがはっきりとしただけでも、これまでの、どこでどうしているのだろうと案じつづけていた思いがなかば以上は晴れたような気分ではあるのだが――そうか、ルードの森のあたりにいたのか、そして、たとえ何があろうと、とりあえず元気でいるのだな、とだな――だが、そうだな……」

「何か……鬱屈しておられることが……」

「そうだな。――なんだか、とても不安な気持ちがしてならぬ」

「不安な……」

「そうだ。グインらしくないな――というのが……なんというたらいいのだろうな。その、イシュトヴァーンに怪我をさせた、という話で、なんとなくわしは、グインはどうしてしまったのだろう、というような――いや、いざとなれば、イシュトヴァーン如き、一太刀のもとに切って捨てるほどに非情の部分ももちあわせているやつではあるが、しかしそれでも、それは激情にかられてでは決してない。やつはつねに驚くほどに冷静だ。――だが、どうも、その、モンゴール反乱軍に味方してイシュトヴァーン軍にとらわれ、脱出してイシュトヴァーン軍とたたかい、イシュトヴァーンに負傷させた、というのは――それこそ逆に、イシュトヴァーン当人の話ででもあれば格別、グインがやることとしてはなんだかどうもそぐわぬ感じがする――これはもう、きゃつを深く案じている者の直感のようなものにすぎぬがな。それにまた――」

アキレウスが言いかけたときだった。そっとやわらかな音で小姓が扉を叩いてから入ってきた。

「お邪魔いたします。――皇女オクタヴィア殿下、マリニア殿下、おこしでございますが」

「おう」

一瞬意外そうな顔をしたが、すぐに皇帝のいかめしい顔はとろとろと崩れた。ロベルトが見ていたら、思わず微笑みそうな好々爺の顔になる。

「何の用なのかな、このようなところまで。――いいとも、すぐにお通しするがよい。わしが奥に戻ってゆくまで待てぬような急用であったのなら、すぐにでも通してやらなくてはな。それに、たとえ何用がなかったとしてさえも、長い退屈な公務の一日の途中に、マリニアの顔を見ることが出来ようとは思いがけぬ贈り物にもひとしいぞ」

「それでは、わたくしは、これにてご遠慮つかまつりましょうか」

「何をいっている、ロベルト。お前もここに残って、マリニアと会ってやっていってくれるがいい。よければ夕食などをともにしたらよい。オクタヴィアもマリニアもお前のことをこよなく好いておるしな」

「かたじけのうございます」

ロベルトが静かに答えた。そのとき、小姓に案内されて、オクタヴィアと、そして幼いマリニアが入ってきた。

4

見るなり、アキレウス皇帝の顔は、これ以上ほころばそうとしてもほころびきれぬくらいにめろめろにほころんだ。だが、それも無理はなかった。

入ってきたのは、これこそ地上の天使か——と思わせるほどに愛らしいものであった。そろそろ、マリニアは歩き出している——まだまだまったくおぼつかないのだが、よちよちとかろうじて歩きそめようという、幼子としてもこの世で一番可愛らしい時期だろう。真っ白な、ふんだんにレースを使ったふわふわの小さなドレスを着せられて、渦巻く栗色の髪の毛を頭のてっぺんでひとつに結ってもらい、そこにも白いかわいいリボンをつけた幼女が、白いかわいいリボンのついた赤ん坊のくつをはいて、見るもおぼつかないよちよちとした歩き方で入ってきたのだ。それをこの世でもっとも溺愛している祖父にとっては、これ以上に美しく愛らしい光景などというのはもう、まったくあるものではなかった。

「おお、マリちゃんや、きたのか。きたのか」

獅子心皇帝にあるまじきようすで目尻をさげたアキレウス帝に、マリニアのあとから入ってきたオクタヴィアはしとやかにほほえみかけ、そして、マリニアがよちよちと祖父のところに寄ってゆくのをそのままにして、ロベルトに挨拶した。

「ローデス侯ロベルトさま、御機嫌よろしゅうございます。オクタヴィアでございます」

「お邪魔いたしております」

ロベルトは立ち上がって皇女の入ってくるのを迎えていたが、声のしたほうにむかって恭しく答えた。そしてそっと頭をさげた。

オクタヴィアは濃紺の品のいいびろうどのドレスを着て、肩からすっぽりと腰までをおおう大判のレースのショールをかけ、髪の毛もきれいに乱れもなくゆいあげていた。それもまたすっきりと美しいようすであったので、マリニアを両手に抱き上げた皇帝の顔は、そちらに向けられたときますますとろけんばかりであった。疑いもなく、アキレウスにとっては、いまが一生のなかでもっとも幸福なときにほかならなかったのだ――おそらくは、ただ、グインのことだけをのぞいては。

「どうした、オクタヴィア」

「申し訳ございません。表向きにはなるべくお邪魔すまいと存じていたのでございますけれども。ちょっと、とりいそぎ、お願いしたいことがございまして」

「お願いしたいこと——だと」

いぶかしげにアキレウスがいう。

「お前の頼みなら、いつでもわしはきくことはわかっておろうが、あらたまって、何なのだ？」

「わたくしは、ご遠慮申し上げましょうか？」

ロベルトがまた云った。オクタヴィアは首をふった。

「いいえ、ロベルトさま、席をはずしていただくようなことではございません。つまらないことですのよ——ごくごく家庭的な」

「どうした。何か不足な品でもあるのか。だったらいつでも——」

「そうではございません」

オクタヴィアはちょっと憂わしげにおもてをふせた。

「マリニアの耳のことなのでございますけれど」

「ああ」

アキレウスはおもてをちょっと曇らせた。だが、天使のように笑顔をみせながらおのれの腕のなかにいる愛し子を見下ろすと、その目がまた糸のように細くなった。

「どうした、何か、進展でもあったのか」

「ええ、ちょっと、先日よいお医者がいるというので宮殿まできていただいて、診て貰ったことは申し上げましたね」

「そうであったな。診てもらうことになった、ということはきいたが、それが今日であったのかな」

「そうなのです。そのお医者様のおことばでは、マリニアには、口のほうには何の異常もない、というのです。──声を出す準備のほうはまったくととのっている。ただ、なんらかの原因で、耳の機能がとまってしまっているので──これまでに、音というものを自分できいたことがないので、声が出せないのであると……でも、じっさいには、喋ろうと思えば喋ることは出来るはずである、そちらの機能には何の障害もないと……」

「そうか」

アキレウスはいたましそうに幼子を見つめた。可愛らしい子供であればあるだけ、祖父にとっては、どんな小さな障害もふびんがかかる。

「わたくし、この前マリウスがお父さまや私たちの前で歌を歌いましたでしょう？　あのときのマリニアの様子を見ていて、この子はもしかして、本当に聞こえていないわけではないのではないかしら……というようなこと、考えたのです」

「………」

「オクタヴィア様……」

「この子が、生まれるときの状況については、お父さまにお話申し上げましたわね？

私、臨月でもういまにも生まれる、というときに、悪漢どもに襲われ、そのときに、お腹のなかのマリニアに言い聞かせたのですわ。どうか、いまは、おとなしくしていてね。――お母様はお前と自分が生きのびるために必死で戦うから、いまはお前が無事に生まれてこられるために、おとなしくしていていてね、静かにしていていてね――って。そうして私、悪漢どもと戦って――カメロン将軍のお助けがあって無事にその窮地を切り抜けることができましたの。でも、そのあとで、生まれてきたマリニアが、こうだったとわかったとき、私、なんだかとてもとても――申し訳ない気がしたのです」

「お前とマリニアをそんな危険な目にあわせて」

アキレウスは低くつぶやいた。

「わしがそこにいてみろ。そのような奴等をどうしてくれるか……」

「私、なんだか、自分があまりに強く『静かにしていてね』と言い聞かせたために――いままさに生まれてこようとしていたマリニアが、それをあまりに強烈に聞き入れてくれてしまって――それきりもう、ことばが発せなくなってしまったのではないのかしら、という気がして――なんだか申し訳なくて、申し訳なくて……」

「自分を責めるでない、オクタヴィア」

アキレウスは強く言った。そしてそっと、愛娘のしっかりとした肩に手をかけた。

「お前はそうしてわしの最大の宝物をみごとに守り通してくれたのではないか。お前自身をも、マリニアの命をも、だ。――それについては、わしもお前から話をきいて、カメロンについては一生の借りを背負ったと思ったものだ。だが本当に二人の身に何事もなくてこれほどよかったことはない」

「でも、私――そのためにマリニアが口がきけなくなってしまったのだろうか、あまりに、生まれる直前に恐しい思いをさせ――私が戦って、絶望的になっているのも、同じからだのなかにいたのですから、この子にはすべて伝わってしまっていたと思うのですわ。だから、この子は、生まれて来る前からもしかしたら、この世界のおそろしさにふるえあがって口がきけなくなってしまったのか、それとも、口をきいたらお母さんが危ない、と信じ込んでしまったのだろうか。……って――だから、お医者様にみていただいて、口の機能には異常はない、ただ、聞いたことが一回もないために、しゃべる、ということがわからないだけだ、といわれたとき、なんだか、とてもほっとした気がしましたの」

「…………」

「障害をもって生まれてくる人や、障害を得てしまう人はいくらでもいますわ――ロベルトさまの前でこんなことを申し上げて何ですけれど」

「いいえ、オクタヴィアさま」

「私の夫が家族として暮らしていたそのトーラスのゴダロの家でも、ゴダロとうさんというのは、クム兵の暴行をうけて失明してしまった人で目が見えませんでしたの。そして、そのむすこのダンというひとは、兵役で片足を失っていたんですよ。でもみんなそれはそれは明るくいい人で、元気いっぱいで、希望にみちて商売をしており、真面目に朝から晩までよく働き、トーラスのアレナ通りでも評判のおいしい居酒屋としてよく繁盛していましたし、おのれのからだの不自由をかこつことなどまったくありませんでした。それをずっと目のあたりにしていて——ロベルトさまもそうですけれど、私、障害がある、などというのは、その本人にとっては、辛いことかもしれないけれど、何の本人の可能性を限ることでも、縛ることでもない、と思うのですけれども——それでも、親などというのはおろかなもので、もしも治せるものであれば、直してやりたい、と思うのです。……ことに、この子の父親は、ああいう歌うたいのひとですしね……あのひとの取り柄といったら、それこそ、歌につきるような、っていったら言い過ぎかしら。

でも、そうですものね」

オクタヴィアは笑い出した。

「ひどい奥さんかしら、私。——でも、あのひとの困ったところも、しょうもないところも、あのひとの歌をきくと許せるような気がしてしまうんですもの。……その歌を、お父さんの最大の取り柄を、きけない娘、というのが、私とても可哀想な気がして……なんとかして、直してやりたいなとずっと思っていましたし……それに、耳がだめでも、口がきければ……お医者様がおっしゃったんですよ。ことばを覚えることが出来るようになれば、ひとのくちびるを読んで会話もできるし、もちろん身振り手振りで話もできるし、筆記で会話することもできる。でも、まずは『ことば』というものがこの世界にあり、それを口に出して人々が心を伝えあっている、ということをこの子が理解しないと、くちびるを読んでもそれが意味するものがわからない、と。――それにこのまま放っておくと、どんどんのどやくちびるの、声を出す機能が、退化してしまう、発達しないまま忘れ去られてしまう。そうしたらもう、声を出すことが出来ないままになってしまうだろう、って。――いまならまだ間に合う――なるたけ早いほうがいい。まだこんなに小さい子供だから、大きくなってから読み書きを教えればいいだろう、と思っているとたぶん、声を出すほうは間に合わなくなるだろう――って、お医者様がおっしゃいましたの」

「わしは、どうすればいい？」

即座に、アキレウスが云った。

「むろんマリニアの将来のことはわしにとっては最大の心がかりだ。それが少しでも幸せになるためなら、わしはどのような計画でもたてるし、どのような金をかけてもよい。それでちょっとでもよくなるなら――いや、ならなくても、わしはマリニアにだけはどんなことでもしてやりたい。その医者というのは、マリニアが喋るためにはどんなことをすればいいといったのだ？　おお、マリちゃんがわしのことを『じいじ』と可愛らしい声で呼んでくれたら……そうしたら、わしはどれほど天にものぼる心地になるだろう？　そしたらわしはこの世で一番幸福なじじいになるだろうよ。そのためには、何が必要なのだ？」

「なるべく、《音》にふれさせるように、とお医者様はおっしゃったのです」

オクタヴィアは、名残惜しげなアキレウスの腕から、母のところにきたがって手をのばしたマリニアを抱き取りながら云った。

「それに、いつもいつも話しかけてやっては、相手が何か口とのどをつかってしているのだ、ということを、マリニアに感じさせるようにしなさい、と。——私、話しかけてやってはいたつもりなのですけれど、やっぱり家庭的でないからなのでしょうか。全然足りないようなのですわ。もっともっと、なんでも、いつでも話しかけて、それにものを指さしてはその名前をきかせてやり、マリニアを見つめて、唇を動かして話しかけ、マリニアに、母は何をしているのだろうと疑問に思わせなさい、というのです。——もっともっとつまらぬことでも話しかけ、この世にことば、とか、会話というものがあること、それによってひとびとが意志を通じ合わせているのだということを、この子にわからせなくてはいけない、と。それに、音楽をもっともっときかせなさい、と」

「音楽」

「ええ。耳がきこえなくても、そういえばこの子は、マリウスが歌を歌ったとき、キタラに異様なほど興味を示していましたわ。そのお医者様、ローニウス博士はおっしゃるのです。聞こえなくても、たぶんこの子は空気の振動や雰囲気や、なんとなく何かを受け取ってはいるのだと思う。だから、無駄だと思わずもっともっと、音楽をきかせ、語りかけなさい。そうやって、この世の中に音というものがあるのだ、ということを、一回もそれをきいたことのないこの子に教えてあげなさい。そうすれば、必ずこの子はしゃべりたいと思うようになる。——もっと大きくなったときによく診察してみないと、耳の障害が致命的なものでもう決して直らない機能的なものかどうかわからないが、それを知るためにも、まずは、この子が、書かれた文字の質問を読んでそれに答えたり、くちびるを読んでそれに返事ができたりする必要がある。そのためにもいますぐにでもはじめてほしい——少しでも早く、この子に『世界には音とことばというものがある』ということを意識させてほしい。そうしたら、この子も、自分がいま持っていない何かがある、ということに気付いて、そしてそれに興味をむけるはずだ。治療はそれからはじまるだろう、と」

「音楽か。どうすればいい」

即座にアキレウスはいった。

「楽人か、伶人を雇ってお前のところにしょっちゅうゆかせ、音楽をきかせてやれるようにすればいいのか。あまり大勢のやかましい音楽である必要はないのだろう。美しい、心にしみる音楽でよいのだろう。それなら、わしも大歓迎だ。早速に伶人を集めて、マリニアのために毎日演奏するようにさせよう。お安い御用だ。それでもし、マリニアがちょっとでもさきゆき、わしに話しかけてくれたり、意志の疎通ができるようになってくれる、というのだったら、万金を積んだところでまったく惜しくはない」

「有難うございます。幸せな子ですわ、いろいろな意味で」

オクタヴィアはちょっと悲しげに微笑んだ。

「私もなるべくたくさん話しかけてやるようにしますし——お父さまにもそうしていただけたらと思いますけれど。グインのことで、お父さまたちがとてもお忙しく、ご心痛でもあるこんな時期に、わたくしごとを持ち込んで申し訳ないのですけれども」

「わたくしごとどころか」

アキレウスは驚いたように首をふった。

「わしにとっては、これほど大事なことはない、というようなことだぞ。案ずることはない。マリニアのためにはどんなことでもしてやるつもりだ。星稜宮に戻れば、心静かにそうやってマリニアの養育と治療に専念できるだろうが、まだ当分はなかなか星稜宮に戻ることもできそうもない。グインが戻ってくるまではな……だが、それもそう長くはかからんだろう。そう願いたい」

「グインさまの消息が、つかめましたの？　聞いてよろしければ……」

「消息──がつかめた、といっていいのかどうかはわからぬが……」

　アキレウスは考えこんだ。

「そうだな。──だが、まあ、おおむねどのあたりにいるかはわかったようだし、そうなれば、なんらかの進展はみるだろう、遠からずな。それに、ゼノンにせよトールにせよ、ヴォルフ伯爵にせよ、わしのおおいに信頼するものたちだ。またヴァレリウス卿の力添えもある。いずれ、なんとかなるだろうさ。ならぬわけにはゆくまい」

「ええ。お父さま」

「伶人のことは父にまかせておくがいい。もっともマリニアの喜びそうな──むろん、一緒にきくのだからわしやお前にとっても心のなぐさめになり、喜びになるような者達を選んで、音楽をきかせてもらうようにしよう。マリニアに話しかけるというのは、わしのほうは、むろん最大の喜びだから、さんざんやっているつもりでいたので、それを、わしなど大人の勝手でなく、マリニア自身のためになるようにと考えながら話しかけなくてはいけないのだ、ということはなかなかに心づかなかったな。愚かなことだ。──だが、わしもそのうちその博士に会って、マリニアの障害についての話をきかせてもらってみよう。この子が、わしの名をよび、話しかけてくれるかどうか、というのは、わしにとっては大変な重大事件だからな。……その医者はサイロンの者なのか」

「いえ、パロのかたです。しばらく内乱をさけてクムにいっておられたのですが、今回は頼まれた治療のためにはるばるサイロンまでおいでになって滞在しておられるので、耳とのどの障害については、いま現在もっとも権威とされているかたなのだそうです。——女官のマルナさんが、いろいろ心配してくださって、そのうわさをきいて、様子をみて話しにいって下さったので、それで」

「そうか。みな、親切で有難いことだな、オクタヴィア」

「ええ、本当に」

「ではそのうちにわしもお目にかかっていろいろ話をうかがいたいので、ぜひ一度黒曜宮にもいらしていただきたい、とその博士にお伝えしてくれ。まだ当分はいられるのだろう」

「ええ、まだパロに戻られるのは時期尚早と考えておられるようです。パロもずいぶんおさまったようですが、まだあまりいろいろなものごとが元通りになるには時間がかかりそうだから——とおっしゃっていました。それに、いま、パロでは、まだ内乱の後始末でてんやわんやの状態で、もっと重篤な、あるいは怪我人や病人については医者はおおいに必要だけれども、マリニアの障害のような、とりあえずはそのまま生活していられるけれども本当はじっくり取り組んで直さなくてはいけない、というようなものについては、いまパロでは、相当な金持ちでも、そういうものに時間とお金をかけている気力もゆとりもないようだ、というのがローニウス博士のおっしゃっていたことです。パロはやっぱりずいぶん荒れているようですのね」

「ああ、リンダ女王がずいぶんと頑張ってはいるようだが、何をいうにも徹底的に荒れ果て、荒廃してしまったあとゆえな。パロがかつての栄光とおさまりを取り戻すにはまだずいぶんと年月がかかるだろう。おまけに、ヴァレリウス宰相をこちらのことで借りだしてしまって、そのかわりに軍勢を駐留させているとはいえ、ケイロニアとしてもずいぶんと申し訳がない。——女性の身で、それもまだうら若い未亡人の身として、頼りになる相談相手もまったくいないような状態で——パロも今回の内乱でほとんどの重臣、おもだった武将を失ってしまうような状態になったからな。いま、パロ政府を構成しているおもだった顔ぶれ、などと思ってみてもなかなかに想像もつかぬ。そういう厳しい状況のなかで、ずいぶんとよくやっておられるようだが——まだまだ、とてつもなくたくさんのやらねばならぬことが残っているようだからな。復興のためにはな」

「なんだか、あちらもこちらもいろいろ大変で」

オクタヴィアは小さな吐息を漏らした。

「ケイロニアだけが、平和で——といって、グインのことはありますけれども、でも、それもこの国の中の悩みではないですし、マリニアのことにそうやってかまけていられるのも、結局のところお父さまが安泰でいらして下さって、しっかりとケイロニアをたばね、治めてくださっていればこそ。——ケイロニアの民は、幸せですのね」

「そうであればよいと思っているが。だがケイロニアが内紛に巻き込まれていたこととてなかったわけではない。また、いつまでもこのままことなくゆけるとも思えぬ。世の中とは、結局多事多端なものだ」

アキレウスは大きくうなづいた。

「だから、わしは、一刻も早くグインに戻ってきてほしい、と願ってやまぬのだよ。あいつがいれば、わしもどうやら心から安心して星稜宮で隠居していられる。グインにとっては大変だろうがな。それにマリニアのこともある——お前とマリニアが、幸福で、何不自由ない一生を送ることこそ、いずれにせよ先立たなくてはならぬこの祖父の最大の願いなのだからな。それが出来るよう、できるだけの手をうっておいてやらねばならぬ。最近、わしはもうそのようなことときり考えなくなったよ。おのれ自身の欲などというものは、この年になるともうほとんどなくなってしまった。ただひたすら、お前たちが幸せでいてくれればいいとな。お前と、マリニアと」

「それにシルヴィアも——でしょう?」

いくぶん心配そうにオクタヴィアが云った。アキレウスはぎくっとしたように一瞬オクタヴィアを見た。

「おお、むろん——そうだとも。そのとおりだ。シルヴィアのことを忘れるわけもない」

アキレウスはあわてて言い継ぐように云った。だが、そのことばはどことなくぎこちなかった。

「シルヴィアさまとは、全然このところかけちがってお目にもかからないのですけれど、お元気なんですの？」

オクタヴィアが容赦なく追及した。ロベルトがちょっと気がかりそうに腰を浮かせた。

「ああ、むろん、元気――のようだよ。そうでないわけがない」

アキレウスの口調はどこかひどくためらいがちで、いつもの獅子心皇帝らしくもなかった。心の中の、最大の鬱屈をかろうじて包み隠しているかのようにきこえた。

「最近、お会いになっていないんですの？　私もついつい、同じ宮殿のなかにいながら、マリニアにばかりかまけてしまっていて。――お顔もほとんど見ておりませんけれど。公式行事にも出ておられないし、体調がすぐれない、というのはずっとうかがっておりますけれど……もうよろしいんですの？」

「あいつのは、体調がすぐれないというより、気儘勝手というだけのことだ」

アキレウスの口調が、一瞬たまりかねたようにけわしくなった。だが、アキレウスはそれをおさえた。

「どこかがどう悪いということではない。あいつは確かに体調はいつも悪いようだが、それもこれもあやつの生活態度のたまものだ。――ちゃんとした生活をして、ちゃんとけじめをつけるようになればもっとずっとからだのためにもよくなるはずだ。だが――結局のところ、あやつが自分で望んで体調を悪くしているのだとしか思えんな」

「そんな、きついことをおっしゃって」

オクタヴィアは心配そうだった。

「私もあのひとも同じ立場ではありませんか。――シルヴィアも愛する夫が行方知れずになってしまって、私は――まあ、私はいろいろありましたから、ちょっと事情が違うかもしれませんけれど……でもシルヴィアは」

「あいつのことは云うな」

ふいに、アキレウスは、珍しい不快の色をおさえかねたように語調をあらげた。が、すぐに、オクタヴィアと、それにロベルトをなだめるように声をやわらげた。

「あ、いや、すまぬ。どうも、あやつのことというとわしもついつい感情的になってしまうようだ。――それについても、いずれはちゃんと決着をつけねばと思ってはいるのだがな――どうつければいいのかわからぬが……」

「……」

沈黙がおちた。ロベルトのおだやかな表情は変わらなかったが、オクタヴィアはひどく心配そうに父親のこわばった顔を見つめた。

マリニアが、なんとはない空気の流れの変化を感じたように、不安そうにみなの顔を見回す。オクタヴィアはなかば機械的にマリニアを抱きしめた。だが、その目はやはり、何かしだいにつのってくる不安を隠せぬように、アキレウスの上からはなれなかった。

第二話　ユラ山系の怪

1

「おお、ヴァレリウスどの。お呼び立ていたしまして」

トールとゼノン、それにヴォルフ伯爵アウスの、グイン救援軍幹部は、ヴァレリウスの到着を待って会議をはじめようと、すでに天幕のなかに持ち出された机のまわりに座っていた。ひとつだけ、ぽつんとあいた椅子がヴァレリウスのものだ。

「遅くなりました」

ヴァレリウスはそのあいた椅子にするりとすべりこんだ。今日は急ぎの召集ゆえ、副官クラスはいない。

「山火事の件ですが」

いきなり、トールが口をきった。かなり気が急いているようすだ。

「どうやら鎮火したようだ、とヴァレリウスどのの部下のかたより知らせていただきましたが、どうも気配はあまり思わしくありません。というか、また、部分的にはまだおさまっておらぬ部分が再燃しはじめているような様子があるようで」

「もう一度様子を見にゆかせてはおりますが」

ヴァレリウスはうなづいた。

「でもまあ今回は、きのうまでのような大変な災害にはひろがらぬでしょう。そもそもう、焼け広がる山林そのもののほうがユラ山系ではそんなにないはず」

「大変な広範囲を焼き尽くした、ということになりますね」

トールは暗澹としたようすでいった。

「このあたりは開拓民も入っておらぬし、ということは人のすまいもない。それゆえ、よほどひねくれてこんな人跡未踏の奥地まで入り込んでそこで暮らしをたてていた変わり者でもいないかぎりは、人的な被害は出ておらぬでしょうが、しかし自然のこうむった被害というのは、相当なものがあるはずで」

外は、一昨夜来ずっと、しとしとしとしとしと――と雨が降り続けている。

強烈な大雷雨の襲来によって、山火事が鎮火されたのちも、雨はやまなかった。今度はもう、雨がやむことそのものを忘れてしまったかのように、小降りにはなったもののしとしとと降り続けている。かなり冷たい雨だ。

「鬱陶しいな」

トールがうんざりしたように云った。

「もう今朝になればよいかげんに雨もあがっているかと思っていたのですが」

「しかしまあこうして雨が降っているあいだは、よしんばおきがくすぶりだしたところで、最終的にはあまり心配はいらぬと思います」

「それは、そうなんですがね……」

トールは、ただ単に、降り続く雨にうんざりしている気持らしい。きのう一日は、ずっとこの山間に足止めをくらったのだ。一応、ヴァレリウスが魔道師たちを使ってもろもろの状況の情報集めをするのを待つあいだ、という大義名分もあり、またそろそろかなりの疲労のようすのみえる部下たちに、ちょっと休ませてやるにもよい機会、ということでもあったのだが、トールやゼノンらにとっては、気ばかりはやって目的にむかって突進するのをひきとめる、やらずの雨、としか見えておらぬらしい。

(相変わらず、単細胞というか、単純な人たちだからな……)

ヴァレリウスはひそかに苦笑をこらえた。

この行軍で、ヴァレリウスもかなりこの仲間たち――というか、同行のものたちについては知るようになっている。今回の救援軍に参加しているものたちは特に、なのかもしれないが、ケイロニア精鋭の軍人たちを見るにつけて、魔道師であるヴァレリウスとしては内心では、かれらの単純さと猪突猛進とその一途な盲信ぶりに微笑ましいものや、好感はもちつつも、多少の辟易は禁じ得ない。

（だが、それでなくては、職業軍人などというものは、つとまらぬのだろうな。――また、ことに尚武の国ケイロニアの職業軍人中の精鋭とあってはな。――逆に、だからこそ、パロの軍勢はなかなか結束も悪いし、あまり強くはしづらいんだろう）

だが俺は魔道師だから、どうもこういう肉体派の連中とずっと行動をともにしているというのは、限度があるな――ヴァレリウスはひそかに考える。

（といって、音楽だけしか眼中にないひばりがよろしいのかといえば、それもまた困ってしまうが……）

マリウスは、この会議には、何の興味もないのだろう。呼ばれていないのかもしれないが、まったく姿をみせていない。

というよりも、マリウスは、この救援軍の本当の意味での一員、としては自分のことをまったく考えておらぬようだ。この、誰も他に人間の姿がない山間部に入ってからは、しょうがないからおとなしくくっついてきているが、多少開拓民の家のあるあたりとかに夜営をするだんになると、「ちょっと出てくるから」といってすぐに、開拓民の集落に出かけていってしまう。そして、そこでかるくキタラをかなでていろいろ歌ったり物語ったりして、食物や飲み物や金などをもらって帰ってくる。今回はさすがにそれ以上のことはしていないようだが、以前、それをなりわいとしていたころにはおそらく、求められれば体も商品のひとつにすぎなかっただろう。そうしているときのマリウスはひどく楽しそうで、生き生きとして、あまりそれをきつくやめさせるのも気の毒のような感じがするので、ヴァレリウスは部下の魔道師にひそかに護衛させるだけで、マリウスをとがめることもしなかったが、見ているにつけ、（やはり、この人はただ、生まれおちる場所を間違えた、というだけのことなのだろうな——ヨウィスの民の群のなかに生まれさえしていたら、何ひとつ問題もなく——あのかたを苦しめることもなかったし、当人ももっとずっと幸せだったのだろうに）と思わずにいられないのである。

もう、以前にマリウスに対して持っていたような悪感情は、あまり持たなくなってはいたが、それでも、（やはり、こういうたぐいの人種は、俺にはとうてい理解できないな……）と思うことがあまりに多い。いまとなっては、その、理解できなささそのものが、ヴァレリウスにとっては一種の魅力でもあったし、マリウスのなかにまぎれもなく、亡きひとの血を受け継ぐ面影を感じてからは、心ひそかに、（あのかたがもしいまさば、ヴァレリウス、すまないが、私にかわってあいつの面倒を見てやってくれ——とそう云われたであろうように……）やれるだけのことはしてあげよう、と思う心は出来てきているが、それでも、やはりマリウスという人間はヴァレリウスのようなものにとっては「異世界の人間」であった。それに比べれば、まだしも単細胞この上もないと彼には思われてならぬケイロニアの将軍たちのほうがずっと考えの筋道がのみこみやすいし、また、グイン当人などのほうがどれだけか、ヴァレリウスにとっては親しみがもちやすい。

「ともあれ山火事がおさまって、グラチウス老師からのお知らせでは、グイン陛下もこちらをさして山火事をよけて来られている、ということで——うまくゆけば、一両日中にはいよいよ、グイン陛下と落ち合えるのではないか、という老師のご意見なのですが」

「いや、それは……」

グラチウスのいうことだから、あまりあてにするのはどうか、と言いかけて、ヴァレリウスはちょっと口ごもった。

相変わらず、グラチウスの魔力にいたく感心しているトールやゼノンたちにとっては、〈闇の司祭〉は多少ぶきみなところがあるにしても、「偉大なる先達」であり、信じがたいほどに博識で巨大な力をもつ存在であるらしい。それに対して、あまり水をさそうとはしなかったものの——また、グラチウスの魔力が偉大だ、ということについては何の異論もないにせよ、ヴァレリウスにとっては、今回のこの一件に、あまりにもグラチウスが親切であること、ひんぴんと力を貸してくれていること、そのものが非常に眉唾に思われてならない。

（本来なら、一文の得にもならないようなことには絶対に手を貸すようなやつじゃないんだからな——黒魔道師なんだから……）

黒魔道師もいいところ、《暗黒魔道師連合》の創始者たるグラチウスなのだ。

それが、そのように、トールやゼノンら単純な武人たちにこれほど懇切丁寧につきあい、何回も自分で斥候にいってきたと称してはいろいろなことを教えて、どんどんグインにむけてかれらを導いている——少なくとも当人のいうところをそのまま信じるとすればだ——というのは、おそらく、何か魂胆がないとは思えない。

（生憎、俺はあのケイロニアの単純な武将たちほど人がよくも、信じやすくもないからな……）

ヴァレリウスも自分の手の者を偵察に出して、まだそれらはグラチウスほど魔力がないので、すぐ戻ってこさせるようにすると、なかなかそう遠くまでは偵察にゆけぬ。それゆえ、グラチウスのことばがいちいち真実かどうかを、間に合うように確認するところまではゆかないが、そのかわり、近場のところまでは、グラチウスがまったく嘘いつわりをいっていないこと、山火事のようすやイシュトヴァーンの手の内に落ちたことや、そのあたりについてはヴァレリウスもちゃんと確認がとれている。つまり、その意味では、いままでのところではグラチウスの行動にはべつだんそれほどうろんなところはない。

しかしそうであればあるほど、ヴァレリウスはグラチウスを信じることができなかった。そもそも、根本的に、その行動そのものではなくて、「その奥にひそむ魂胆」が問題なのだ、とヴァレリウスは考えている。

(きゃつがこれほどまでに我々をグインに落ち合わせ、グインを救出させたがる、ということ自体が——あやしい。ということはおそらく……きゃつは、グインどのに——記憶をどうあっても取り戻させたいのだ。そしてその理由は非常にはっきりしていて、何か、グインどのが思い出してくれないと、当人がとても困ること、というのがあるに違いない)

グラチウスがいまだに中原制圧の野望を抱いているのかどうかは、どうしてもヴァレリウスにはわからない。もう、そんなささやかな野望くらいどうでもよくなっていそうな気もするし、一方では、いまだにそういうことについて、妙なこだわりを持っていそうな気もする。

(なにせ、八百年も生きているような奴の考えることは俺にはわからないからな……)

だが、それはそれとして、そのほかにもなんだか、何かもくろみがありそうな気がしてならないが、それが何なのかははっきりとはあばきたてる材料がない。それが、ヴァレリウスにしてみると、気になってならない。

(まあいい——いずれにせよ、グインどのと落ち合えて、救援が成功したときには、必ず何か明らかになるはずだ……)

「本当にあと一両日で陛下にお目にかかれるのでしょうか」

トールの声が弾んでいる。

「もしそうなら——本当に、思ったよりもずっと早く救援の遠征も成功したというものです。アキレウス陛下もどのようにお喜びになることか」

「早速、またヴァレリウスどのにお願いして、魔道師の使いをたて、そのよしを陛下にご報告申し上げないと」

アウス伯爵も興奮したようにいう。これも、一応貴族であってきっすいの武人ではないというものの、ヴァレリウスからみると、その単純さにかけては、あまりトールとえらぶところがない。

(ケイロニア人っていうのは、みんなこう平和で人がいいのかな……まあ、そうかもしれないな)

「魔道師はいつでもお貸しいたしますが……」

ヴァレリウスは慎重にいった。

「とりあえず、もしもお時間を頂戴できるなら、私もちょっと別個に偵察隊をたてて、様子をみてきたいのですが、よろしいでしょうか」

「それはもう、もちろん——しかし、何故? あれだけ、グラチウス老師が懇切に情報を下さるのですから……」

「それの、裏付けをとったほうが安心だろうと——何かと心丈夫だと思いますし」

ヴァレリウスは言いのがれた。アウスもトールもべつだん不審に思ったようでもない。むしろ、ヴァレリウスの慎重さに感心さえしているようにみえる。ゼノンのほうは、何を考えているのかヴァレリウスからはよくわからなかった。そもそも、まわりの事態についてこのまだうら若いタルーアンの武将が、何を感じ、何を考えているのか、ヴァレリウスにはよくわからないときがある。その若い顔は、いつも、なんとなくまわりに起こっているものごととあまりかかわりがないようにぼんやりして見えるのだ。

(あれで、剣をとり、軍隊をひきいてたてば、世界に名だたる若き猛将なのだというからな……)

じっさいおかしなものだ、と思いながら、ヴァレリウスはうなづいた。

「これはもうただ、わたくしの安心のためにすることなので——ちょっと私のすがたが陣から消えていたとしても、部下の魔道師でいつでも連絡はとれますし、私もこの山火事の具合などちょっとこの目で見たいと思っておりますので、あまり御心配なさいませんよう」

「それは、かえってかたじけない」

「いや、自然の猛威というものは、どうも、あまり甘くみてはいけぬものだと私は思っておりますので。——万一、おさまったと思っていたものが、また再び力を取り戻しているようなことがあれば危険です。むろんグラチウスどのの偵察を信用しないわけではありませんが、そこはそれ、念には念をいれろということもありますので」

「はあ……」

軍議は、雨をおして、どんどん先にすすんで少しでもグインの所在に近づいておくべきか、ということと、このけわしい山中での雨中の行軍はきわめて困難をきわめるので、もう一日ここに駐留して様子をみるべきか、という二つの意見にわかれた。

が、基本的には、先にすすみたいのはトールやゼノンたちの気持としてややまではあったが、じっさいの行軍の難儀を考えると、ここで無理をしすぎても、ということに落ち着きそうであった。この山地に入ってきてから実際、道はきわめて行きがたいものになっていた。片側が切り立った険しい崖となっていて、その下は千尋の谷底である。そのはるか見下ろす下には谷川が流れている。そこに落ちればいのちはあるまい、というような険阻な山道だ。しかも、反対側はまた切り立った崖であり、そこの上から、雨で地盤がゆるんだかなり大きな石や岩が何回かころげおちてきて、かれらの肝を冷やさせることが続いたので、これ以上無理をするのは危険だとのトールの判断で、ちょっとだけ広くなっているあたりで陣をはって、雨がやむのをまつことにしたのだ。もっとも、そのちょっと広いあたりとても、下手をしたら、雨で地崩れをおこさないものでもない――かれらのいる地面そのものが崩れ落ちてゆく危険性もあれば、上から崖がなだれてくる危険もある、という、なかなかに肝を冷やす状態での野営にすぎなかったのだが。

ことに、ケイロニア騎士団は基本的に馬での進軍である。歩兵もいるがそれはもっぱら車で糧食やさまざまな武器や道具を運ぶ輜重《しちょう》部隊だ。馬にとっては、この片側が切り立った狭い細い、険呑《けんのん》な山道は、歩きにくいことおびただしく、山道にさしかかってからの進軍の速度は著しく落ちている。まだしも、森を切り開いてどんどん進んできた、自由国境地帯のほうが難儀は多少少なかったようだ。それでも、雨さえなければ、まだしもだっただろうが、このしとしとと降り続く雨のおかげで、粘土質の岩盤がかなりゆるんでいるのが感じられる。馬が崖っぷちで足をすべらせてあわや、ということも、きのうの日中、多少行軍しようとしてみて、何回かあって肝を冷やしたので、それでトールの決断で、これ以上先にすすむことを諦めたのだ。

しかし、そのまままた一日がたってみると、トール自身もかなり気が焦りはじめているようであった。また、グラチウスの報告をきいて、おのれらが求める主のごく近くまでも肉迫しているのだ、と知ると、なおのこと、気はやたけに逸ってやまぬのだろう。

「ともかく、今夜一晩は様子をごらんになったほうが——どちらにせよもう暮れますし、このような天候ゆえ、つねよりもさらに暮れるのは早く夜は暗くなると思われますし……」

ヴァレリウスはかなり強硬にその場にもう一日とどまることを主張した。結局、トールもゼノンも、アウスも折れたが、それは内心では、かれらとても、そうすべきだと思っていて、ただ、気持のあせりをとどめられなかったからなのだろう、と思われた。

ヴァレリウスはそれで、もう一日この場に野営、ということに軍議が落ち着くと、ほっとして、「やり残したことがあるので」といって早々に本部の陣幕を辞した。やり残したことというわけではなく、本当は、きのうからずっとしたくてたまらなかったことであった。

「キノス、俺はちょっとこれから偵察にいってくる」

自分たちにあてがわれている天幕に戻るなり、ヴァレリウスはともなっている一級魔道師にささやいた。

「マリウスさまの護衛のほうはお前にまかせるゆえ、よろしく頼む。俺はちょっと——気がかりでしょうがないことがあって、きのうからずっと偵察にゆきたかったのだが、ちょっと——《気》の案配が不穏だったので、ゆけなかった。——が、もう大丈夫のようだ。ちょっと、今夜はいつ戻るかわからない。いつでも心話でかわったことがあれば全部報告してくれ。それほど遠くにゆくつもりはない」

「かしこまりました」

キノスはヴァレリウスづきになってそれなりに時間のたつ一級魔道師である。ヴァレリウスのしようと思っていることはおおむね見当がついたらしく、大きく黒い魔道師のマントのフードをかぶった頭をうなづかせた。

「では、マリウスさまのことはおまかせ下さい」

「だが、あのかたはそうやって護衛されている状態はあまりお好きでない。護衛されている、見張られている、ということを感じさせせぬように気をつけろよ。それと、トール将軍たちから、ヴァレリウスにお声がかかったら、どこにいっているなどとは云わずに、すぐ戻ってくる、とだけいって俺に心話で連絡してくれ」

「は」

それだけ手配しておいて、ヴァレリウスは、そろそろ日がまた落ちようとしている雨中に出ていった。黒い魔道師のマントに、フードをふかぶかとひきさげた不吉なガーガーのような姿は、それだけを見れば、宰相ヴァレリウス卿とも、ただのそのへんの下級魔道師とも区別はつかぬ。むろん、魔道師が見れば、腰のサッシュだの、首にかけたまじない紐だの、何よりも、全身から放たれる《気》のオーラで、当然下級か一級か、それとも数少ない上級魔道師か、などということはわかってしまうが、普通人にはただ、また一人魔道師がいる、としか区別はつくまい。

(やれやれ……やっと自由の身だ……)

ヴァレリウスは正直いって、団体行動がひどく苦手である。

もっともそれがあまり得意な魔道師はいるまいが、それでもギルドに入っている魔道士たちは、それなりに鍛えられて、それこそ魔道をもってお仕えする「魔道士」としての訓練をつみ、団体行動や力をあわせての魔道も出来るようになる。だが、ヴァレリウスは、ひたすら個人技の研鑽をつみ、上級魔道師の試験を合格したごくまっとうな魔道師である。そういう魔道師は、自分自身の力をたくわえることにこそすべての力を注ぐのだから、当然、他人との協調性などというものはあまり持ち合わせていないのだ。

ヴァレリウスは、なにくわぬ顔をして、ケイロニア軍の隊列がすっかりきれるあたりまで歩き続けた。いかにも一介の魔道師が何かの伝令の用で、先のほうの隊へゆこうとしている、というようなようすでせわしげに歩き続け、かったるかったが宙に舞い上がろうとさえしなかった。それから、ようやく隊列がきれるあたりまでゆき、さらにもうちょっと歩いて、山道のゆるやかなカーブにそってまがり、誰も自分を見ている目がなくなった、と思った瞬間、ヴァレリウスは空中高く舞い上がっていた。

（やあれやれ——自分の足で歩くなど、とんだ手間だったな……）

この行軍にせよ、部下の魔道師たちにも、魔道になれないケイロニアの軍人たちをあまり仰天させぬよう、いたずらに魔道を使ってしまうことをかたく禁じてきた。そうでなければ、魔道師ならばもっとずっと速度が出ただろうが、それをせずにこらえているのはなかなか魔道師には辛い。いうなれば手足を縛られたまま歩いているのにひとしいのだ。

（しかし、昨夜来のあの《気》は——あまり、気にくわない……）

それが誰のものなのか、などということはよくよくわかっていた。むろん、グラチウスのものに決まっている。

（あいつ……やはり、どうもどこかうさんくさい。——やつは、パロの魔道師部隊の周囲に、《隠し結界》を張っていた……）

それは、たぶん普通の一級魔道師までには、あまりそれと感じられもすまい。それほどに、ことにそのようなものを、グラチウスほどに力のある黒魔道師が張るとなると、それは非常に高度なものとなる。

だが、ヴァレリウスは上級魔道師だ。

（誰かが、《隠し結界》を張って、我々を監視している……）

それは、張られた最初の瞬間から、ぴんときていた。だが、あえてヴァレリウスは誰にも何も告げなかった。その結界の放つ《気》が、グラチウスを感じさせるものだ、ということもよくわかっていたし、また、おそらくその理由も想像がついたのだ。

隠し結界は、通常の結界とは違って、その中のものたちを守るためのものでもなければ、その中に外からの何かが伝わらないようにするものでもない。いわば、それは、ひそかに見えない蜘蛛の網をはりめぐらしているようなもので、それを通って誰かが往復したら、何がきたのか、誰が出たのかまで、みなその網が感知するようになっている、そういうしくみの魔道だ。これは下手な者が張れば、そんなものの存在は一目瞭然で魔道師どうしにはわかってしまうから、何の役にもたたない。ただ、グラチウスほどの力のある魔道師が張れば、おそろしく精密に張れるから、一級魔道師であってもなかなか気が付かない。上級魔道師でも、ヴァレリウスがいまたえず警戒をおこたらなかったからこそ、《気》の乱れに気付いたのだ、ともいえる。気付かぬまま張られていたら――張るときの乱れを感知できたからよかったが、そうでなければ、張り終わってしまったあとからだと、ヴァレリウスも、それにひっかかっても気付かないで、ただ漠然たる不安と違和感を感じるが原因はわからない、くらいですんでしまったかもしれない。

（あのタヌキおやじめ――）

ヴァレリウスはくちびるをかんだ。そのあいだも、ヴァレリウスのからだは、暗い空にとけこみ、巨大な一羽の鳥と化して、静かに北東へと進んでいる。背景の空は暗く、しとしとと雨が降り続けている――よほど目をこらして見なければ、そのすがたは誰にも見えぬだろう。

2

〈闇の司祭〉グラチウスがそのような、隠し結界を張ったわけは少なくともヴァレリウスにはきわめて明らかであった。グラチウスは、べつだんヴァレリウスの配下の魔道師たちが、サイロンに報告にゆこうが、近隣に偵察にゆこうが、気にとめていないのに違いない。むしろそんなものは歯牙にも掛けていないのだろう。ただ、グラチウスは、ヴァレリウス当人がこうして偵察に出るかどうか、というのを、知りたかった——あるいは阻止しようと思っている、ということだ。

(あの野郎……)

ずっとそれを張っていたのではない。これまでは、そのようなものは感じたことがなかった。迂闊にして気付かなかったのだ、とはヴァレリウスは思っていない。

(あの山火事の話のあたりから——それにきょう、急にそういうものを仕掛けたということは……)

グラチウスは、いよいよグインの近くにきて、ヴァレリウスがグラチウスの話を疑い、自ら確認に偵察に出るだろう、ということを、予期していたのだとしか考えられない。

そして、それを、さりげなく阻止しようとしつつ、もしもそうしたさいにはただちに自分にわかるようにしたのだ、とヴァレリウスは感じている。

(だが……その隠し結界を、さきほど、グラチウスはほどいた。——それはどういうことだ?)

何か、さきほどまでは、ヴァレリウスが勝手にグインに近づいては困るようなことがあり、そしてその理由が、ふっと消滅した、ということなのだろうか。

ヴァレリウスはその隠し結界が張られたことは、気付いて注目しただけでなんとも思わなかったのだが、逆に、グラチウスがそれをふいと撤去したことが気になって気になってたまらなくて、軍議どころではなくそわそわしていたのだった。

(何が——あったのかな。グインの上に何か………)

それとも、グラチウスのなんらかのたくらみが、完成して、もうヴァレリウスに偵察されても困らなくなった、ということか。

そもそも、もっともかんぐれば、この隠し結界の一連そのものが、その動きにヴァレリウスの注意をひきよせ、ヴァレリウス自身をおびきよせてやろうという奥深いたくらみではないのか、とさえ疑われなくもない。

だが、それはたぶん最終的にかんぐりすぎというものだろう。

（俺をおびきよせたところで、グラチウスのじじいにはべつだんどうという利益もないからな……やはり、何か、ワナをしかけていたか、それともグインに何かあって……それが終わったか、変わったか、して俺が偵察に出ようと出まいと、それはどうでもよくなった、ということだろう……）

魔道師たちどうし、だけでのことならいいのだが、そこにケイロニアの単純な武人たちや、マリウスのようなものがいる。その前であまり、魔道のたたかいめいたことをくりひろげるわけにもゆかぬし、おおびらに魔道師の本来を見せつけてしまうわけにもゆかぬ。それがなかなかに苦しいところだと、ヴァレリウスはひそかに思った。

（だが、まあいい——とにかく、何かはわかるだろう。何がかはわからないが……何かは）

ヴァレリウスは、それにとにかく、雨に降りこめられて天幕のなかに垂れ込めているよりも、こうして自由に大空を飛翔する鳥のように好き勝手にふるまっているほうが、何百倍も楽しかった。もうどんどん暮れてきて、暗い夜だし、相変わらず雨はしとしとと降り続けているが、なんだかさーっと胸が開いたような快ささえある。どれだけ自分が、そうやって普通人たちとともに猫をかぶってふるまっていることが、負担になり、重荷になり、やりきれない気持になっていたのか、あらためて思い知らされるような気持だ。

（部下どもも適宜、交代で伝令にとばしてやって、少し交代させてやらないと、鬱屈するかもしれないな……魔道師などというものは、なんだかんだいって、好き勝手に動きまわるのに馴れてしまっているからな……）

ヴァレリウスがまずそのおのれの目で確かめたくてたまらなかったのが、くだんの《山火事》であった。

べつだん、山火事の真偽を疑っていたわけではない。その煙と、山の端が赤く燃えているようすは、夜闇のなかでも、ユラ山系に入って、ことに頂上近くにのぼったとき、まざまざと見えたし、昼間には、真っ黒な煙が空をおおっているようすも見えた。かなりこれはただごとではない事態のようだ、ということは、べつだん偵察を出すまでもなくよくわかったのだ。

だが、ヴァレリウスが疑っているのは、その山火事そのものの真贋ではなくて、（どうして、急にこんな時期に、こんなところで、まるで見計らったように山火事が起きたのか？）ということだった。山林に自然発生で大規模な山火事がおきるのは、べつだん不思議なことではない、梢どうしがすれあっているうちに発火したり、落雷から炎を出したりするのはよくあることでもあるが、それはちょっと様子が違う。もうちょっと乾燥した地域のほうが多いはずだし、それに、偶然、ということをあまりヴァレリウスは信じない。

(ことに、〈闇の司祭〉がからんでいるときには、だな……そこには《偶然》などということばは存在しない、と思ったほうがいいようなものだ……)

もしあったとしても、その偶然は、〈闇の司祭〉によって操られた偶然だ、と考えたほうがいい、とヴァレリウスは思うのである。

かれは悠然と、だがかなり速度をあげて空を舞いながら、やがて山火事のあとらしいものを見かけて急降下した。

(おお、かなり——大規模のようだな)

雨のなかで、すでに大半の火災は鎮火しているようだ。だが、まだところどころ、下のほうのおきがくすぶっているのだろう。あかあかと雨中にさえ見えるものがある。

雨にうたれて、しかし、大半のそのあたりの木々は黒こげになり、むざんな死体となりはてたすがたをさらしていた。つい数日前にはみずみずしく、しげり放題にしげっていたであろう木々が、折れ、燃え尽き、炭化して、真っ黒になっているのをみるのはいたましかった。灰が山となってその、救いをもとめる骸骨の手のように突き出された燃え残りの木々の根かたにふりつもっている。それを長い雨が打ち続けていたのだろう、それはどろどろにとけている。

その灰のなかには、鳥獣や虫どもの死体もあるのだろう。人間の痕跡はまったくないが、それでもそれは充分に無残なながめであった。

（だいぶん、やられたものだな……これはたいそうな山火事だ……山ひとつふたつ、ではきかぬくらい、燃えたな……）

ヴァレリウスは、当然のことながら自在に夜目がきく。見晴るかすかぎり、あたりの山々は丸坊主の焼け跡と化していた。ヴァレリウスはちょっと気をつけながら下のほうに降りたってみて、そして、まだ、雨にずっとうたれているにもかかわらず、ほかほかと大地が熱を発しているのに気付いて、あわててまた舞い上がった。

世にも孤独な廃墟――焼けこげた、むざんなその焼け山はしんとしずまりかえり、しとしとと雨にうたれながらそこにまたしても夜がおりてこようとしている。

そのなかにただひとりさまよう幽霊のように、ヴァレリウスは、さらに先に進んだ。

（これはひどい。どこまでいっても、灰と焼けた生木の山だ）

生木のまま焼かれたゆえに、くすぶりかたも執拗なのだろう。枯れ木や、水分の少ないものなら、そのまま燃え尽きてもしまおうが、しんが生のままの若い木などは、その突然のむざんな死に全身で抵抗したのだろう。

その抵抗のさいごのあかしのように、まだあたりはなんとなく熱く、ゆげがたっており、それのみか、上にかさなりあった焼けぼっくいが屋根のような結果になって下の炎を雨から守ってやったのだろう、まだちろちろと炎の舌が赤く、薄暮のなかに木々の焼けのこりの下からのぞいているところもけっこうある。その火はまだ、当分こうしてくすぶりつづけるのだろう。この山系がまたゆたかな青々とした緑のすがたを取り戻すためには、まだ当分かかりそうだ。

（もっとも――この灰があらたな肥料になるだろうから、また木や草が萌えだしたあかつきには、前よりもいっそう勢いづいた山林となるんだろうが……それまでは、まだずいぶんかかりそうだな……）

まったく人のすまわぬ山深いところだったから、それだけのことですんだが、もしもこれが都会や、田舎の都市をおそった災害だったらいったいどのような惨禍をもたらしていたものだろうか。想像するだけでも身の毛のよだつような気がした。

ヴァレリウスは単身、おそれげもなくその死の山を進んでいった。ひとつの山を飛び越え、次の山に入っていっても、あまりようすはかわらなかったが、先に燃え広がり、そして先に燃え尽きたのだろう。そちらにはもう、下のほうでチロチロと燃えている炎もなく、ひっそりと黒く燃え尽きた灰と焼けぼっくいが不気味に突きだしているだけだった。そのあたりはいっそう《死の森》という印象をあたえた。

（むざんなものだ……）

ヴァレリウスには大した感傷もなければ、自然の精霊への帰依心もない。ただ、自然のあまりの猛威にひたすら感心するばかりだ。

むしろ、ヴァレリウスが探しもとめていたのは、まったく違うものであった——その、猛火の猛威に屈したか、生き延びたか、いずれにせよ、もっとなまなましい《人間》の存在。

(もしも——この火にまともにまきこまれていたとしたら、これは、ただごとじゃあすまんな……)

(まあ、あのグインのことだ。そんなへまはすまいが——といって山火事ばかりは、山道は一本道だし、もしも気付かずに袋小路にでも追い込まれるようなことがあると——いやいや、グインに限ってそんな心配は無用だろうが……)

(それにしても、なんだか……)

ヴァレリウスはおのれの心を完全な無にした。

そのまま、目をとざし、両手をひろげて顔のまえにかざし、全身が感覚器官になるよう、精神を集中し、ルーンの聖句をくりかえし唱え、おのれが完全に《空》になるまで、精神をとぎすまさせた。

そうやって、空になったおのれのなかに、はるかな遠くから、すぐ目の前にいたるまでの、すべての情報が五感を通じて流れこんでくるように、全身を器として受け止める。木々のもだえ、苦しみ、鳥たちの恐怖と恐慌、虫たちの燃え尽きてゆくせつなの音、もっと大きい獣たちの悲鳴、そして大地が身もだえるようす——空気のなかを乱舞する炎の誇り、息苦しい煙のきなくささ、そして水のにおい、雨のにおい、雨にうたれた灰と焼けこげて濡れた大地のにおい——

すべてが、ヴァレリウスのなかに入ってきた。これは魔道師がまず最初の修業でやらされる、《世界との同化》の術である。それをくりかえすことにより、またしだいに同化できる世界が広くなることを通して、魔道師たちは、感覚器官を通常の人間にはありえないほど拡大してゆくことを学ぶのだ。

(ああ……)

自然は、しんとしずまりかえり、そして突然のこの死と破壊と災厄とにうちひしがれているように感じられた。

また同時に、そこには、炎の乱舞のなかにさんざんに狂気と破壊のエネルギーを蕩尽《とうじん》したあとの、狂宴の果ててのちのうつろな満足感、むなしく疲れはてた充足感のようなものさえも漂っていた。それこそは《死》のつぶやきでさえあるかのように——

そして、また……

(そこだ——!)

ヴァレリウスは、びくっと、我知らず身をふるわせた。

(人の気配!)

ヴァレリウスの感覚は全山にまでひろがっていた。

この山ではない。もっと遠い——もうひとつ、向こうの山だ。そこにゆくまでは、全く何の生きた気配もないから、かえって間違いようはない。通常の状態なら、もっとこのような場所は、動物たち、植物たち、鳥や昆虫たち、そして精霊たちの息吹や気にみちて、とうていそのなかから、きわだって大きなはっきりとしたものでないかぎり特定の《気》を感知し取ることなど難しい。

だが、いまこの、死に絶え、果てきった状態のなかでは、かえって、日頃ならいかにヴァレリウスといえども感知できないような広範囲にわたって、《死》の気配しかなかったので、それ以外の気配を感知することは逆にたやすかった。

(おそろしく強烈な《気》だ——生きている……それに、これはどういうことだろう……弱っている、いる……)

(かなり、弱っているな……これはどういう《気》だろう……グインか？　いや……そうでもないかもしれない——グインならたぶん、強いといってもこんなものではない——この気も強いが、グインのそれよりはずいぶんと生身の人間らしい……)

(だが、何だろう——何か、妙に切迫している……何か、緊張したものが——)

(グインはどこだ。——グインの気は、どこにある……)

さらに目をとじてヴァレリウスは心にすべてを感じようとした。

それから、まだちょっと遠いか、と思い直して、思い切ってまた飛び上がり、山ひとつをこえた。ずっとたいした魔力を使っていなかったので、エネルギーはいやというほど溜まっている。絶好調そのもの、といっていい。それに、ずっとせきとめられていて、からだも心も、あふれんばかりにエネルギーが満ちている。

（グインどの――）

ヴァレリウスはグラチウスに見つからぬようにと案じながらも、そっと、《気》を特定の波形にかえて、特定のものにつきあたるようにと送り出してみた。もしうまくゆけば、グインがそんなに近くにいるのであれば、グインに会えるはずだ。さきにグインに会って、グラチウスのことばにどのような裏があったのか、ということを確かめなくては、何かとんでもない事態にひきずりこまれそうな気がしてならない。そうした《予感》をことのほか、重んじるのもまた、魔道師の特性である。

（グインどの！――豹頭のグイン！）

それに、ヴァレリウスは何度かグインと心話をかわしたことがある。

上級魔道師としては、ひとたび、心話で会話をかわす、というのは、その波動のかたちや色あい、強さや特徴をしっかりと受け止めた、ということだ。それをもとに探せば、かなり大勢のなかからでも、心話をかわしたあいての波動を発見することは可能である。まして、グインのように、きわめて特殊な存在だ。波動もまた、常人とは比べるべくもないほどに巨大である。

（グインどの！——ヴァレリウスです。グインどの！）

いわば、遠くの山々にまで、声をとばしているようなものだ。その声をグラチウスに聞きつけられると、面倒なことになるだろうか、と案じながらも、ヴァレリウスはなおも執拗に《呼んで》みた。何故かは知らぬ。いま、ここで、グラチウスを出し抜いてグインを見つけておくことが、自分にとっては、おそろしく重要なことである、とヴァレリウスは認識していた。

（グイン——）

いらえはない。

というよりも、グインはもとより、どれほど強大な精神力と意志力をもっているにせよ魔道師ではない。それゆえ、心話を受け取ることはできても、こちらにむけて、心話をかえすことはできないだろう。それでも、グインほどの強烈な精神の持ち主となると、ただ、こちらにむけて意志をこらし、思念をひとつにまとめるだけでも、充分に魔道師の耳にはひっかかってくるはずなのだが。

（おかしいな）

ヴァレリウスはちょっと失望した。

そもそも、本当は、かなりグインが近くに——少なくとも二十モータッド以内にはいるはずだ、と思えるようになってからは、ちょっと時間ができるたびごとに、思念をこらし、精神を集中して、グインの気配を――《気》を全力をあげて感じ取ろうとつとめてきたのだ。だが、そのたびに、最初のうちはまったくそれらしいものにめぐりあうこともなく、それはまだ遠くにいすぎるからか、おのれの力が足りないか、場所柄なかなかそこまで精神を集中できないせいだろう、と考え――それから、グラチウスの言を少しでも信じるとすれば、絶対に、ヴァレリウスであればグインがそれだけの距離のところにいて感じ取れないわけはない、というくらいのところまで近づいてからは、つねに奇妙な不安と懸念を抱き続けてきたのだった。

（どうして……グインの《気》を感じられないのだろう……）

すでに何回か心話で話をしている、というだけではない。グインほど、強大な気の持ち主である場合、その気のパターンはヴァレリウスのような上級魔道師には、心に刷り込まれてしまう。それがどこにあろうと感じ取れないということはないはずなのだ。だが、この遠征に出てからずっと、ヴァレリウスは、（グインを感じ取れない……）という不安を強く感じ続けている。

ことに、先日グラチウスがまたいかにも親切げにあらわれて、遠征軍に、グインがイシュトヴァーンを傷つけ、そしてイシュトヴァーン軍から逃亡したこと、大規模な山火事のこと、グインがすでにユラ山中にあってこちらに向かっていること、を報告したあとからは、その不安はつのるばかりであった。いま現在、ケイロニア救援軍もまたユラ山系に入っている。人口の多いにぎやかな都市のまんなかでもあれば、他にきわめてたくさんの人間たちの《気》があることでもあり、その中には、それだけ大勢の人がいればかなりの強い気をもっている人間もいるのは必定であるから、いかにグインの気が強くとも、読みとれないことも、まぎれてしまうということもありうる。だが、ここは、他にほとんど人間の存在とてもない山中だ。

（どうして……グインの《気》を感じることが出来ないのだろう……）

ヴァレリウスはこの一両日ばかり、ずっとそのことだけを考えあぐねながら馬にゆられてきたのだった。むろん、このようなことは、トールやゼノンたちにも相談するわけにもゆかないし、当然彼がもっとも警戒しているグラチウスには云えないし、といって、おのれの配下の魔道師たちにも口にできぬ。おのれの力が思ったほどではないのではないか、などと疑われては沽券にかかわるし、そうでなくても、どちらにせよ、かれの部下は当然のことながら彼よりもはるかに力が下である。彼にわからぬものが、部下たちにわかろうわけはない。いたずらに不安をつのらせてしまうだけのことだ。

（だが……）

もしも、自分の力が弱まっていたり、思ったように力を発揮できないでいるのではなく、何も自分のわからぬおかしな事情によってグインの気の感知がさまたげられているわけでもなく、自分が何か勘違いをしているわけでもなく、グラチウスの悪だくみでもない——とすれば、答えはさらに不吉なひとつだけであった。

(グインの上に——何かきわめて重大なことがおこっているのだ)

意識を失っていて、気を発することが出来ない状態にあるのか、さもなくば、もっと悪い。

(正気を……失っているとか、あるいは……まさかと思うが、万が一にも、もはや……もとのようなあの強烈な強大な《気》を持たないような存在になりはててしまっている、とか……)

グラチウスのことばで、グインがどうやらいろいろな記憶を失った状態にあるらしい、ということは、わかっていた。

だが、それについては、ケイロニアの武将たちも半信半疑であるようだが、ヴァレリウスもまた、かれらとは違う意味で疑惑にかられている。それは、グインほどの存在が、ただ単に記憶を失った、というだけで、そんなふうに、無力化してしまうことがありうるだろうか、という疑惑である。もしそういうことがありうるとしたら、それは、ただ単にグインがいっときの記憶を喪失しているというだけではない。

(つまりは……グインが、『グインでありながら、グインでなくなっている』ような状態になってしまっている——ということではないのか……)

そう考えることは実に恐しいことだった。いまの中原にとって、豹頭の英雄、ケイロニア王グイン、という存在はきわめて大きい。それがなくなってしまったら、中原には目にみえるものの見えないものも、ただちにあらわれるものもじわじわとあらわれるものも含めて、大変な影響が及んでくるに違いない。

(だが……俺には想像がつかない。それはいったいどういう状態なのだろう……グインが、グインでなくなるとは……まさかあの豹頭でなくなるということはないだろうし——記憶を失っただけで、他のもろもろの能力を失っているというようなことがないのだったら、べつだん、グインのすることなすことにはそれほどの違いは出てこないだろうし……)

(それとも……そうなのか? グインが、グインであるためには、グインとしての記憶がどうしても必要であるというようなこと——なのか?)

そこまでゆくと、むしろ、人間にとって、記憶とはどういうものなのかとか、自我とは何であるのか、といった、はるか昔に学問所でさんざんやらされた議論のような哲学的な命題になってくるような気がする。

(わからん)

ただ、確実なのは、もう絶対にグインはそばに——かなり近くにいるはずなのに、どうしてもヴァレリウスのかなり鋭く確かなはずの精神的な探知網にも、まったく感知できないままでいる、ということだった。

（それとも……グラチウスが、俺が先にグインと接触できぬように、何かきびしい警戒をおこたらず結界を張ってグインの気配を隠してしまっている、というようなことか？）

ふと、そう考えついて、ヴァレリウスは、逆にちょっと愁眉をひらきたいような心持になった。

もし、そうであれば、何も問題はない。何もグイン自身にはたいしたことはおこっておらず、ただ、グラチウスが何かたくらんでいる、ということがいっそう確かになるだけだ。

（それだったらいいのだが……げんに、俺が斥候に出られぬよう、隠し結界まで張っていたグラチウスのことだ。――もしかしたら、俺がついてくるというのが、奴にとってはとても不本意だったのかもしれぬ。確かに俺さえいなければ、トール将軍にせよゼノン将軍にせよ、ヴォルフ伯爵にせよ赤児の手をひねるようなものだっただろうし……まったく一から十までグラチウスの思いのままだっただろう……）

ヴァレリウスはくちびるをかんだ。

3

（わからん）

いまだに、もっともわからぬのは、しかし、グラチウスが妙に親切に——というよりもそちらのほうからひどく積極的に、グインをケイロニアに連れ戻らせるよう、グインのおかれているいまの状態をケイロニアの人々に告げにきて、そしてこの救援軍を組織させ、そして結果的に、たびたびあらわれては状況を教えてくれて、ここまで導いてきたことだ。

（きゃつは……何をたくらんでいるんだろう）

グラチウスが切実に、グインが失った意識を取り戻させなくてはならぬ、と考えていることは確かだと思ったが、それが「何故であるのか」ということになると、ヴァレリウスにはどうしても、憶測するしかなかった。

（グインが失った記憶のなかに、何かきわめて重大な——グラチウスの野望にとってカギを握るようなものがあったのかな……）

漠然と考えられる最大の可能性はそれである。

(だが、だとすると……グラチウスの野望、というのが、その後どんなものに変貌をとげているかはわからぬが、どうせろくでもないものであるには違いない。——だとすると、俺としては……そのグラチウスの野望がどのようなもので……そしてグインの記憶を取り戻させることが、そのグラチウスの野望にとって、どういう意味を持っているのか、というところまで、ちゃんと調べつくさぬうちに、救援軍がグインを救出し——そしてグインの記憶が戻ってしまう、というのは……とてもまずいのではないか?)

それについても、実は幾夜となく、考えぬいて、そしていまだに結論が出ないでいることだ。行軍の野営の仮寝のなかでも、馬の背にゆられながらも、考えぬいたのだが、あまりにも結論を出すための手がかりがとぼしすぎる。どのようなことも考えられるが、すべて推測、憶測にすぎないのだ。

(そう考えると——本当は、グインと救援軍を会わせるべきではないのだろうか……)

グインの記憶喪失がどのような重度のものであるかもわからないが、しかし、あのマリウスとの奇妙な神秘的な精神的邂逅のようなものがあったことを考えると、ゼノンやトールと、というよりも、マリウスと再会することで、グインが記憶を取り戻す可能性は大きいのではないか、とヴァレリウスは考えている。

(少なくとも、機能的なものではなく、精神的な障害による記憶喪失だったら……マリウスの存在は、当人が自信をもっているとおり、かなり大きなものになるかもしれないな……グインが、マリウスによって記憶を取り戻す可能性は充分にあると思うが……）

そのとき、グラチウスは、そのとりもどされたグインの記憶を使って、どうするつもりなのだろう。

（だが、だとすると、俺がこうしてついてきたのはまさに天の助け——グラチウスにとっては、おそろしく邪魔でいまいましいなりゆきだったかもしれんな。——俺がいなければ、それこそ、ケイロニアの救援軍はまったくグラチウスの思い通りに踊らされるしかなかっただろうからな……マリウスにしてもだ……）

だが、いまグインの《気》を感じることができないのが、グラチウスが結界を張って邪魔しているからだろう、ということも——また、グラチウスがグインの記憶を取り戻させて、それをなんらか、世界征服なり黒魔道上のよこしまな野望をとげることに利用しようとしている、というのも、つまるところは、ヴァレリウスの憶測にしかすぎない、といってしまえばそれまでだ。証拠があるわけではないし、グラチウスに詰問したところでもとよりそうだと白状しようはずもない。

（どうしたものかな……このままゆけば、たぶんまた近日中にグラチウスがグインの所在について教えにきて、たぶんかなり近々に救援軍と、そしてマリウスとは、グインに出会うことになり、そして……）

(むろん、それでグインが記憶を取り戻しさえしたら、そんなグラチウス風情にしてやられるグインではない、すべてはグインにまかせておけばいい、とも云えなくもないが……)

(いや、だが……もしも、グインが記憶を喪失している、というグラチウスの話からしてまったくのでたらめ、この一行をこのようなところまでおびきよせるためのグラチウスのワナだったとしたら……)

(いや、しかしだとしたら、いったい何のために……)

ヴァレリウスの心が、千々に乱れていたときだった。

心は乱れ、あれこれと考えあぐねてはいたが、ヴァレリウスのからだのほうはいたって順調にふわふわと、見晴るかすかぎりひろがっているむざんな焼け山と化したユラ山系の上を飛び続けていた。ときたまちょっとだけ地面にもどり、それからまたからだを宙に浮かせて、まるで鳥のようにさまよい続けていたのだ。そのからだが、ぴたりととまった。

さっと、その手がルーンの印を結んだ。

「誰だ?」

「気が付いちゃったか」

何もない空中から声がした。というか、声というよりも、心話のひびき、であったが。

「きさま」

すでに、ヴァレリウスは、声をかけたとたんに相手がなにものであるか悟っていた。印を結び直し、イヤな顔をしながら、首にかけたまじない紐をまさぐって身構えた。

「なんだよ、怖い顔」

空中に、もやもやと何かが凝り固まりはじめる。ヴァレリウスはそれを待たずに、身をひるがえし、低空に降りて、そのままもときたほうに戻ってゆこうとした。とたんに、目の前にかたまりかけようとしていたもやもやは、消滅して、ヴァレリウスの行く手にまたもやもやとかたまりはじめた。

「なんだよ、愛想のない。置いてゆくことはないじゃないか。昔馴染みなのに」

「昔馴染みになった覚えはない。もうとっくにくたばっているかと思っていたんだが」

「ごあいにくさまだね。そうかんたんにくたばってたまるものか、二千年も生きてきたこの超古代生物ユリウス様が」

目の前の空中に、もやもやとしたものが寄り集まってきたかと思うと、白い、クムかキタイでよく食べられる《豆腐《アンマーム》》の出来上がるときみたいに固まってきた。それから、それは、もやもやした人らしい輪郭をもつ等身大の何かになり、それから、そこに、全裸の上に申し訳程度に腰になにやらまきつけただけの、真っ白な髪の毛がうねるように足首のあたりまで流れている、妙にのっぺりとした、鮮やかに唇の赤い怪物のすがたになった。ヴァレリウスはうんざりして唸った。

「お前の相手をしてるヒマなどないんだ。消えろ」

「またそういうヒドいことをいうんだから」

古代生物ユリウス――これは、淫魔であって、グラチウスの唯一の直属の子分という か、腹心の部下であったのだが――は妙になまめかしいその真っ白な、乳をかためて作ったような裸身をうねらせながら云い、ぺろりと妙に赤い長い舌を出して真っ赤な唇をなめた。

「お久しぶりじゃーん。――こんなさびれたとこで、どこ行くんだよ、ええ？　こっちにきたってなあーんにもないよ。あっちにいったってなあーんにもないよ。いいから、もう、お帰りよ、お帰り」

「帰れだと。どこへ」

「どこって、自分のいるべきところだよ。あんたはクリスタルにいろいろ用事、残してるんだろ。お帰り、お帰り。――べっぴんの女王さんが寂しがって待ってるよー」

「何だと……」

ヴァレリウスは目を細めて、からだを宙に浮かせたまま、フードの下からするどくユリウスを見つめた。

それから、ふいに合点してニヤリと皮肉に口元をゆるめた。

「なーるほど、そういうことか。……じゃあ、やはり、俺の読みというのはまんざらでもなかった、ってわけだな」

「あ」

ユリウスはけげんそうにいう。

「なーにがなの？　何いってんだか、ユリちゃんわかんない。……何が読みなんだって？　なんか、読んでるのかい、あんた？」

「お前の腹黒い親分に命じられて出てきたんだろう」

ヴァレリウスは印をとくと、まっすぐに指をユリウスの鼻先にむかってつきつけた。

「お前たち、黒魔道の一味の考えることくらい、何もかもお見通しだ。やはり、素知らぬ顔をしていながら、お前の親分は、俺がここにこうしてあの救援軍とともにきているのが、いざグインに会えるときが近づくにつれて、邪魔でしかたがなくなっているんだろう。——だから、何がなんでも、俺が先にグインと会うのを阻止してやろうと、そういうわけなのだろう。ええ？　隠しても無駄だぞ」

「知らないよー。そんなこと」

ユリウスは空中に長々と寝そべって、ぼりぼりとわざとらしくお腹を掻いてみせた。

「おいらはただ、あそこにおいらの想い人がいるから、ちょっといってからかってきていいぞ、ってじじいに云われただけだもん。なんで、あんたがおいらの想い人なのよ、ねえー。せめてもうちょっとまともなやつがなんかいるのかと思ったら、なんと、あんたがいたじゃないか。いったいどういうことなんだっておいらのほうが聞きたいね。――それに、とにかく、あのじいさんのこと、おいらの親分、親分っていうのやめてよね。おいら、あのじじいの子分になんかなった覚え、これっぽっちもないんだからね」

「じゃあ、何だっていうんだ。愛人か」

「げー。冗談は顔だけにして下さい」

ユリウスは本当に憤慨でもしたかのように思い切りうねうねとからだをのばして一回転した。

「おいらがどうしてあんな＊＊ポのじじいと＊＊＊＊しなくちゃならないってわけなの、ええ？　第一しようと思ったってあんなじじい、＊＊＊がもう＊＊＊＊しちゃって＊＊ようにも＊＊するもんじゃない。なんだってそんなものすごーいことというのぉー？　やめてよね、せっかく、出てきたのに、イヤんなってまた地面の底にもぐりこみたくなるようなこと云うの」

「その場所があんたには一番お似合いだと思うがね」

ヴァレリウスはこのユリウスには何回かひどい目にもあっていたし、また多少はひどい目にあわせたこともあったのだが、いずれにせよ、この猥褻きわまりない古代生物にかまっているわけにはゆかなかったので、不機嫌な声を出した。

「とにかく、俺の邪魔をしないほうがいいと忠告しておこう。俺はいま、あんたとのんびりやりあってそれを楽しんでいたいような気分じゃないんだ。忙しいんだよ。わかるかね」

「やりあってって、何を。＊＊＊＊？」

ずるそうに黒い目をまたたかせてユリウスが云った。そしてぺろりと赤い舌で赤い唇をなめて、すっかりヴァレリウスをむかつかせてしまった。

「まあ、あんたじゃあものの＊＊＊だとはいうものの、ないよりはあったほうがいいからねえ、食事の前のちょっとしたおつまみにくらいなら、食ってやってもいいけども。――でも、なんでそんなに急いでんの？ 何、そう忙しがってんのさ？」

「どうだっていい。古代生物になんかかかわりはないんだ。そこをどいてくれ。さもなきゃ――」

「おおこわ。怖い顔しちゃって、もともとまずい顔がもっとまずくなる」

ユリウスは思いきり長い舌をつきだしてひらひらさせた。そうしながら、両手の親指を両方のこめかみにあてがい、残った指も一緒にひらひらさせた。確かに、この奇妙な古代の生き残りの化物は、人の気を悪くさせたり、怒らせたりすることについてだけは、天才的な妙を得ていた、といってもよかっただろう。

「せめてにっこりしていたら。それ以外、そのぶさいくな顔を見られるようにする方法はないんだから」

「大きなお世話だ」

ヴァレリウスは、自分でも、あまり美男子の部類ではない、ということは自覚していたので、怒って叫んだ。

「ひとの顔がまずかろうが怖かろうがほっといてくれ。そんなに俺の顔がぶさいくなら、見ないようにとっととどこかに消えてくれたらどうなんだ」

「しょうがないじゃん、誰も遊んでくんないしィ」

ユリウスはにくらしそうに笑った。

「でも、ねえ、あんた、どうしてこんなとこで鳥のまねっこしてんの。こっから先へはゆかないほうがいいんだよ。そう、じじいが云ってたよ。こっからさきに近づくとろくな目にあわないんだから、早くクリスタルにおかえりおかえり、あの無能な部下どももみんなまとめて連れてお帰り、このあたりには魔道師は向かないんだよって」

「ますます、そういわなくちゃならぬわけが、きゃつにはあるってわけだ」

ヴァレリウスは、しきりと腹を立てさせようとしているけれどもユリウスが、その底では、かなりはっきりとした使命をグラチウスからあたえられて、おのれがこれ以上このかいわいでグインを探し回るのをとどめようとしているのだ、と感づいていたので、冷静に戻って云った。

「そちらの理由のほうを、俺は是が非でも知りたいね。——これまではじいさんはそんなことはおくびにも出さず、俺がいろいろと突っかかっても素知らぬ顔をしてそらしているばかりだった。ずっと俺が救援軍についてきていることで、かなり迷惑だとは思っていたんだろうがね。——だがもういよいよ終点近しってわけだな。そうやっていよいよ俺を具体的に阻もうと出てきたからには、だな」

「何の話なんだか、何のことなんだか、ユリちゃんぜーんぜん、わかんなーい」

ユリウスはへらへらと云って、また恐しく長い蛇のような舌をひらひらさせた。

「じじいが何やってんのかなんて、おいらちーっとも、興味なーい。でも、あんたを苛めるのは興味あるな。べつだん、理由なんかないけど——あんた、いじめがいありそうだもん」

「どけ」

ヴァレリウスはもう一度、ユリウスを無視して舞い上がろうとしたが、その前にまた、長い、人の上半身をもつ白蛇のような奇怪なからだがうねうねとまわりこんできたのを見て怒鳴った。その声には、一抹の殺気が入り込んでいた。

それをユリウスは素早く察した。その黒い目がひょいととじられ、それがまた開いたとき、それは、真っ赤な——燃えるように赤い、しかも虹彩もなにもないただの真っ赤な穴と化していた。ユリウスはまた、口を耳まで裂くようような感じで笑った。

「どかないよーだ」

「どけ。──でないと後悔するぞ。俺はいま気が立ってるんだ」

「へええんだ」

ユリウスの真っ赤に燃える穴と化した目が異様な嘲笑に似た輝きにくるめいた。

「どうするつもり。あんた、確かにそれなりな魔道師ちゃんかもしれないけど、おいらの師匠のあのくそじじいと比べたら赤ちゃんみたいなもんじゃん。──おいらのこと、どうか出来るとでも思ってんの？　おかしいんじゃない？　おいら、もうこれで、二千年も生きてきてるんだぜぇー」

「そんなことはわかってるさ。生きてきてる年月の長さなんか、問題じゃない」

ヴァレリウスはそっと相手との距離をはかった。どうあってもこの場をうまく逃げることが出来ないのだったら、戦って切り抜けるしかないだろう。

確かに、グラチウスほど、とは云わぬまでも、さすがにグラチウスの腹心を自称するだけあって、このあやしい淫魔もそれなりの魔力を持っている。それは魔道師たちのものつさまざまな能力とはかなり異なり、古代の、まだ魔物たちが地上の主たる生活者だったころの古い古い力の名残のようなものなのだろうが、それなりにいまだにかなりの効力をもっている、とは見なくてはならない。

だが、ヴァレリウスには多少の考えがあった。

（ここで――こうしてユリウスを繰り出してきたということは……それもまた、グラチウスがひとつ尻尾をあらわした、ということだ。――ユリウスには、どうやら、殺気はない――俺がこの上グインのいるほうに近づくことを、阻止しろ、とはいわれているが、俺を殺してしまえ、力づくで叩きつぶしてでも片を付けろ、とは云われてないのだろう。――ということは……）

（俺にもたぶん勝機はあるし――それに、そうやってあちらの仕掛けてくることを受け止めるのが一番、きゃつの本当のもくろみを知るためには役に立つ……）

ともかく、グラチウスのたくらみの正体を知らなくてはならない。

ヴァレリウスがもっとも強く感じていたのはそのことだった。

（古代機械のことだけなのだったらいい――だが、もしほかにも何か、まだやつが隠している秘密があるのだったら……それがグインの記憶とからんでいるのだったら――）

（そうした危険の種はひとつひとつ、探り出してつぶしてゆかなくては……）

「なんだよ」

ユリウスがまた、へらへらと舌をなびかせる。同時に、長い、真っ白な髪の毛も、まるでそれ自体が巨大な蛇ででもあるかのようにうねりながらユリウスの頭から反対側のほうへともちあがった。

「やる気なの、マジ？　悪いけど、おいら、あんたが歯のたつ相手じゃないよ。ほんとに。——よしたほうがいいよ。何回か、おいらのこと、知ってたはずじゃん」

「……」

ヴァレリウスはもう何も云わぬ。黙って印を結び、低く聖句をとなえる。その手のなかに、ふいに、短い光の棒のようなものがあらわれた。念を凝らして作り上げた、思念を増幅し、それを攻撃のための力にかえてくれる祈り棒だ。ユリウスがうろんそうにのっぺりした眉をよせた。

「何、怒ってんの？　それとも、怒ってんじゃなくて……焦ってんの？　なんか、いつもと違うなあ。いつもだと、もうちょっとあんた、くそまじめで——からかい甲斐があるんだけどなあー。やだな、そんな、大真面目な顔で——ねえ、どうしちゃったの？　せっかく出てきてやったんだからさあ、遊ぼうよ。そんな、戦闘的なの、やだなあー。第一物騒——わ」

ヴァレリウスは何も答えず、やにわに祈り棒に思念を集めた。強烈な思念がそのままエネルギーに凝り固まり、祈り棒の先端から、熱波となってユリウスにむかってほとばしった！

「わ、あち、あち、あち」

ユリウスは悲鳴をあげてとびのいた。

「何すんだよ。いきなり。——卑怯じゃないか、おいら何もそんな戦闘態勢なんか入ってないのに」

「強いんだろう？」

ヴァレリウスはフードのかげから、目をするどく光らせながら皮肉に云った。

「なら、身を守ればいいだろう。いかに古代生物だとて、結界の張り方くらい知っているんだろう」

「そんなもの――」

ユリウスのからだが、すっと短くなり、通常の人間の大きさになった。長くなっていると、ねらわれやすい、と考えたのだろう。そのからだのまわりに、白い髪の毛がいきなりマントのようにひろがった。それが白熱した光を放ち始めた。同時にユリウスの赤く燃える眼もぶきみに発光しはじめる。

「なんか、気にさわる、今日のあんた」

ユリウスの赤い唇が云った。

「やっつけちゃう。――なんだよ、これまで、あんたのこと、《お友達》だと思ってたのに、あんた、ヒドイ人なんじゃん」

「………」

ヴァレリウスは何も云わぬ。空中からひらりと舞い降りると、焼け野原の上にすっくと立ち、祈り棒をななめにかまえた。同時におのれのまわりに結界をはりめぐらす。間一髪というところだった。ユリウスがかっと口を開いたとたん、その耳まで裂けた口から、白いねばねばする糸のようなものが無数にほとばしり、ヴァレリウスをからめとろうと襲いかかってきたのだ！

だが、結界にさえぎられ、ヴァレリウスのからだにはたどりつけないで、少し外側でうねうねと腹立たしげに白い糸の先がうごめいている。ぞっとするような眺めだったが、ヴァレリウスは気にもかけず、祈り棒のかたちをかえると、次々にその糸を叩き切った。ユリウスはするすると口の中にその蜘蛛の糸のようなものを吸い戻した。と思うとまたいきなり、すきを見つけたように吐きつけてくる。ヴァレリウスは今度は祈り棒を長くしざま、それにその糸をまきつけさせるようにさしだした。それにねばりついたその糸を、すばやく祈り棒でひきよせる。ユリウスがまるで釣られた魚のようにこちらに引き寄せられて怒ってうなり声をあげた。

「何すんだよ！」

云った拍子に白い糸がユリウスの口からこぼれおちた。ユリウスはすかさず飛びすさった。こんどは、その白い髪の毛がまたしてもうねうねと、ひとつひとつが白い蛇かミミズ《土くらい》で出来ているかのようにざわめきながら持ち上がり、ヴァレリウスめがけてのびてきはじめる。なんともいえぬほど気持の悪い光景だった。ざわざわとうねっている巨大な、三〜四タールもある無数の細いミミズの群！

（げえ……）

恐れはしなかったが、ヴァレリウスはかなり辟易しながらそれを祈り棒を固くしてそれで左右に打ち払った。地上にいるのはかえって得策でない、と判断してまたかろやかに空中に飛び上がる。

そのとき、ふいに、奇妙な警告のようなものが、心のなかに鳴り響くのを、ヴァレリウスは感じた。

（気をつけろ……もしかしたら、《これ》さえもワナかもしれんぞ……そのていどの悪賢さは、グラチウスは持ち合わせているはずだ……）

（もしかしたらこれも……俺にここで時間をつぶさせようという——俺がユリウスとの戦いに気を取られて、グインを探すのがしだいにあとまわしになるという、その——とにかく何がなんでも時間をかせぎ、俺がグインを見つけだす前に極力俺とグインをひきはなしておこうという——グラチウスのたくらみではないのか？　いや、間違いない。こんなところに突然あらわれたユリウス——こんなふうに襲いかかってくる、などというのも——まさに、俺を足止めしようと……）

（だが、俺の力では——一瞬にして、ユリウスを消滅させたり、おさえつけるわけにもゆかぬし……困ったな……）

グラチウスからそう命じられているのならば、当然、ユリウスは、ヴァレリウスがやめろといってもきかぬし、逃げても追いかけてくるだろう。

その意味では、ユリウスとヴァレリウスの力というのはある意味、かなり伯仲したものがある。それゆえに、かえって、始末がわるい。

(くそ、こんなところで、こんな白蛇の化物みたいなものと——古代の淫魔なんかにかかずらわっているひまなんかないんだ……)

ヴァレリウスの額に、ようやく焦慮の冷たい汗がにじみ出てきた。

4

「ユリウス!」

白いユリウスの髪の毛はうねうねと、ユリウスの頭のほうにひきもどされては、またあらためてざわざわとヴァレリウスめがけてくりだされようとしている。それがいくたびも繰り返される。無駄だと知りつつヴァレリウスは声をあらげて呼びかけてみた。

「ユリウス! すまないが俺はお前にかまっている暇などないんだ! 決着をつけたいんだったら、また今度にしてくれ。俺は——こんなことをしている暇はない!」

「何それ、そっちから仕掛けてきたケンカだろ」

ユリウスが、またカッと真っ赤な口を耳まで裂いた。こんどはその口の中から、ぶきみな、それをあびせかけられたらどうなるのかと思うようなどろどろとしたなんともいえずおぞましい、緑色をした毒々しいものがびゅっと吐きかけられた。ヴァレリウスはとっさに結界を強めて受け止めた。それがかかった瞬間、じゅっと炎のような衝撃が立った。

「気をつけな。コレかかると、人間の生身だったらまんま溶けて腐れちゃうから」

　ユリウスが嘲笑った。

「ああーなんか久しぶりだなあー。ユリちゃん平和な生物だから、戦うなんてひさしぶり。なんか面白いかもしんない」

「俺は、お前となんか戦ってる暇はないんだ！」

　ヴァレリウスは業を煮やした。また吐きかけられてきた物騒な毒液を払いのけざま相手にはじきかえし、そのまま一気に《飛んだ》。かなりの距離を飛んだつもりだったが、実体化してみると、もとよりはいささか互いの距離がはなれてはいたものの、ユリウスの白いからだもぬけめなくついてきていたことに気付いて、また飛んだ。が、くりかえし《跳躍》してみても、ユリウスをふりきることは出来なかった。

「おいらを追っ払おうたってムダだよ。ムダムダ」

　ユリウスがまたカッと口をひらいて嘲笑った。

「どこまででーも、ついてっちゃう。それにかけちゃ、ユリちゃん自信あるんだなあーっ。おいらから逃げようたってそうはいかないよ。——でも、あんた殺せとは命令されてないから、殺しやしないけど、そのかわり、そうだなあー、もうこうなったらしょうがないから、あんたのこと、とって食っちゃおうかなあーっ。べつだんあんたに食欲はそそられないけど、とりあえずなーんもナイよりマシだもんねーっ。とりあえず＊＊＊

＊はついてんだろうし。って、使ったことあるのかないのか知らないけど」
「下品な淫魔めが」

ヴァレリウスは罵りながら、無駄と知りつつ今度は思い切って遠くに飛んでみた。一瞬、振り切れたか、と思ったが、やや間があって、次の一瞬白いぶきみな巨大な蛇が空中からぬっとあらわれてきて、ヴァレリウスをげんなりさせた。

（くそ、しつこいな――もう仕方がない。可哀想だが……いい加減にふりきるには力がありすぎる。やむを得ん、ここで死んでもらうか）

ユリウスとは、何回か遭遇して、攻撃する力そのものよりも、その最大の能力は、とてつもない、といっていいほどのその生命力と復活力にある、ということはよく知っている。その生命力のおかげで、当人が二千年と豪語するのまでは嘘か本当か知らないが、グラチウスよりもずっと昔から生きながらえてきた、というのは本当のことだろう。

それほどの生命力をもっているから、かえって身を守ろうという気持は薄いようだ。いったんかなりの傷をうけても、時間さえかかれば簡単に復活できる、という意識があるせいだろう。

もとより、ヴァレリウスがユリウスを本気で倒そうと思ったら、かなりの全力を振り絞らなければならなかっただろうし、それでも、ユリウスを本当に完全に消滅させてしまうことはなかなか難しいだろうが、しかし、当面、ユリウスが《死んだ》といっていい状態になって、復活してくるまでにかなり時間のかかるようにする——という方法なら、わかる、とヴァレリウスは考えていた。

（気の毒だが——）

ヴァレリウスの指がひそやかに印を結びはじめる。その唇がしきりとルーンの聖句をとなえはじめる。

（もっとも熱き火の精エーディト、降臨したまえかし。おんみに餌《えば》をたてまつらん。——降臨したまえ、炎の太母よ——おんみの聖餐これにあり）

「ちょっと、ちょっと！」

ヴァレリウスの様子がおかしい、と感じはじめたらしい。

ユリウスが大声でわめいた。何回も《閉じた空間》での跳躍を繰り返して、いつのまにか、かれらは、ユラ山系のはずれまで飛んできていた。

もうとっくに日は暮れはてている。空にはそろそろ星々がまたたきはじめている。このあたりまでは山火事の害も及んでいなかったのだろう。木々は黒々と夜の底にしずもり、かすかな夜鳴き鳥の声がきこえはじめている。このあたりでは、何ひとつ変わったことなどなかったかのような、静かで、ぶきみな、ひっそりと無人の夜のはじまりどきだ。

このあたりもやはり誰も人間どものすまうようすはないと見える。さもなくば、黒々とした森と林、山々とを背景にして、ぶきみな半裸の真っ白な、上半身は人、下半身は大蛇、そして髪の毛はざわざわとうねりくねっている古代の淫魔と、不吉な黒い魔道師のマントに身をつつんだ小柄な魔道師とがくりひろげている対峙は、どんなにかひとの耳目を驚かせてしまったことだろう。

「ちょっとアンタ、何たくらんでんのよ！　何ごそごそいってんのよ！　え？　やだって！　やだってば、何やってんの。何しようとしてんの？　怒るよ、変なこと仕掛けたらおいら怒るよ！　もう云っちゃなんだけど、ここんとこひでえー目にあいっぱなしでさあ！　おいら、けっこう、まだ本当にはもとのとおりじゃないんだよネ！　だから、変なこと考えっこなし！　ちょっと、考えっこナシだったら！　まさかなんか、火使おうとか、そういうこと、考えてないよね？　やだよ、おいら、やだからね！　火は、やだよ！」

「そうかい、そりゃ残念だ。じゃあこれで我慢するんだな」

云わせもはてず――

一瞬のすきをついてヴァレリウスの手から放たれた祈り棒は、それ自体生命のあるものの如くに宙をまっしぐらに飛んで、ユリウスの真っ白な胸と腹のまんなかに突き立った。

そのまま、その勢いでユリウスごと、うしろの立木までふっとんでゆき、太いイトスギの木にユリウスを祈り棒で串刺しに縫いつけてしまう。ユリウスが、ぎゃーぎゃー喚いた。

「何、すんだよ！　ああ？　何、すんだよ！　おいらが何したってんだよ、痛い、痛いじゃないか！　どうせぶっ刺すんだったらこんなヤボなんじゃなくて＊＊＊を＊＊＊にズブっと……あううう、ゴメン、ゴメンってば！　やだ、これ、熱い！」

「火は苦手みたいだったからな」

ヴァレリウスは冷ややかに云った。

「いろいろ研究させてもらって、ちょっと火の精の力を貸してもらったってわけだ。──大丈夫だろ、この程度の傷なら、お前さんなら、死ぬどころか、ほんのちょっとひからびるくらいですむだろ。なにせ二千年生きた古代生物なんだから」

「ちょっと、アンタ！」

確かに、生命力についてだけは、けたはずれの化物、といわなくてはならなかった。もろに腹の中央を、灼熱して光り輝く炎の棒につらぬき通され、イトスギの木に昆虫標本のように縫いつけられたまま、手足をじたばたさせて、ユリウスはわめいている。

「ちょっと、やめてよね！　こういう真似すんの、やめてよね！　これまで、おたくとはずいぶんと長い馴染みでさあ、いろいろ助けてやったりもしたんじゃなかったの？　それなのにこういう仕打ちって、あり？　ええ？　ありなの？」

「俺の邪魔をするな、といっただろう」

ヴァレリウスはそっけなく云った。

「心配するな。あと半日もそうしてれば、火の呪文の効力はおのずと燃え尽きるから、そいつも冷えるよ。そうしたら、あんたは何の苦もなくそこからぬけだせるだろ。さもなけりゃ、いまだって、べつだんその、串刺しになってる胴体の部分だけ切り離しちまえばいいんじゃないのか？」

「ひどいことという。ひとのことを何だと思ってんだ。いかに天才ユリちゃんだって、そんな、タコ《イーヴァ》の輪切りみたいになっちゃったら……そっから第一、おいらが一人づつ増殖したりしたら、どうすんのよ、え？　そしたらそのうちの一個はもう、アンタがしたことだから、アンタがタネだと思って、『お父様！　お父様！』ってくっついて離れなくなっちゃうよ。それでいいの？」

「真っ平だね」

ヴァレリウスは肩をすくめた。ユリウスは串刺しにされたままじたばたと両手と両足――いつのまにか、蛇状になっていた下半身ももとにもどっていたのだ――と、おまけに長い髪の毛をも一緒にバタバタさせた。

「だろ？　だったら、抜いて、抜いてくれよ！　ねえ、おいらお師匠じじいにまた怒られちゃうよ！　そうでなくともここんとこ、なんかかっかかへマばっかりするから、もうお前なんか輪切りにして煮てくっちまうって、お師匠じじい、えらい機嫌悪かったんだから！　そんな、豹男が逃げちまったのなんか、おいらのせいかよっていうんだ。おいら、ただひたすらおとなしく静養して、心の傷をなおすのにつとめてただけだってのに、それを地底から掘り出して冬眠からさましたりしたくせにさ！」

「そのままずっと冬眠してたほうがよかったな、古代生物君」

ヴァレリウスは冷たく云った。

「まあいい、とにかくしばらくたてば、そいつは冷えるから、そうしたらそれを引き抜いてすました顔をしてまたどこかへもぐりこめばいい。とにかくこの一件についてはあまりかかわらないことだ。でないとこれだけじゃすまないかもしれないぞ。どういうわけかわからないが、俺は——ほれ、あんたと途中まで一緒にいったあの大導師アグリッパとの面会だな、あれがすぎてから、妙に魔力があがって、前よりは相当魔力が自由になるような気がしてしょうがないんだな。いまだと、たぶんあんたよりかなり魔力がきくと思うからね。もうこれきり俺に近づかないことだ」

「ちょっと、ちょ、ちょっと！　どこ行くんだよ！　まさか、こんなあわれなおいらをこのままにして、それで行っちゃうつもりじゃないんだべ？」

ユリウスは騒ぎ立てた。

「ちょっと、これ、抜いていってよ！　熱い、アツイったら！　そうでなくてもおいら、

ここんとこ火傷続きでほんっとに火についちゃトラウマがあるんだから！」

「その祈り棒はべつだん、いつでもそんなもの作り出せるから、あんたにせんべつにくれてやるよ。じゃあな」

ヴァレリウスはすいと空中に浮かび上がろうとした。ユリウスがおおいにあわてたようすで両手両足を必死にばたつかせる。長い髪の毛がざわざわとうねりながらヴァレリウスをからめとろうとのびてくる――が、さすがに胴体に巨大な風穴をあけられては……というよりも、そのはりつけの棒が火の呪文で熱されているのが、ユリウスにはこたえるらしい。さすがにいつもの半分もその魔力ある髪の毛をのばすことが出来ぬようで、力なく途中ではたりと落ちてしまう。

「ちょっとォ……」

「じゃあな。淫魔君」

すいとそのまま、もときたほうに戻ろうとして――

ヴァレリウスは、ふいに、一気に地上に飛び降りた。

そのまま、そのおもてに非常な緊張が走り、さっと結界をはりめぐらす呪文を唇がとなえはじめる。

（これ――は……）

（なんだ。この気配は！）

「ちょっと、どうしたのよ！」

いきなり、ユリウスが叫ぶ。ユリウスも何かを感じたらしい。

「ちょっと、やだ！　大地がごごごご、っていってる！　地震なの？　ちょっとこんな状態で地震きたら困るだろ！　抜いてよ、このイヤな棒を抜いてよ！　抜いてってたら！」

「地震——じゃない」

ヴァレリウスはユリウスの哀願には耳もかさなかったが、身を低くし、あたりに必死に感覚の網をひろげはじめた。

（これは……）

（揺れている——世界が、揺れている……）

（それも、《魔道的に》揺れているのだ……これは——）

（これはどうやら……）

ぐらぐらぐら——

ぶきみに、大地が鳴動した。

それはおそらく、このあたりにいる普通の人間や動物たちでも感じる現実の鳴動だ。

だが、それをひきおこしているものは、決して大地の怒りなどではない。

（魔道だ……とてつもなく、巨大な——そうだ、想像を絶して巨大な魔道のエネルギ

――」

「ヴァレリウス！」

珍しくも、ユリウスが、ヴァレリウスを名前でまともに呼んだ。

その目はいつのまにかまたまともな黒い人間の目に戻っていた。もっともかなり、全体としてへばってはきたようだ。舌をだらりと垂らし、肩で息をしている。

「ちょっと、これ、感じない？　これどういうこと？」

「異変――だな」

ヴァレリウスは髪の毛にからめとられないように気をつけつつ、ユリウスの近くに寄った。

「感じるか？　何かが――恐しく巨大な《気》が……」

「感じるって、これ、だって――だって、これお師匠さまの《気》だよ！」

「ううっ……」

やはりな――

ヴァレリウスはひそかに唸る。

やはり、常日頃、じゃらくらとふざけちらし、剽軽な顔をしてはいても、まことには敵は世界三大魔道師の一のほまれも高い、この世界有数のおそるべき存在であるに違いないのだ。いや、残る大導師アグリッパは白魔道師といってよく、《北の賢者》ロカンドラスはすでにこの世にない、とあるからには、まぎれもなく、いまこの地上にあっては、〈闇の司祭〉グラチウスこそ、この世界で最大の力をもつ黒魔道師にほかならぬはずである。

（なんという……気だろう……）

大地がゆるぎ、鳴動し、くつがえされるほどの《気》。

ヴァレリウスは、気をつけてバリヤーを張り続けながら、ユリウスのほうに寄った。

「おい、淫魔、何を感じる？　この《気》は〈闇の司祭〉のだろうが、それだけか？　もうひとつ、感じるだろう？」

「感じる……」

ユリウスの真っ白な顔は、いつのまにか、真っ青に青ざめていた。

「感じる。これ……もすげえっ。……なんか——ものすごい《気》の流れが二つ……」

「戦っている」

緊張しながら、ヴァレリウスはつぶやいた。

「恐しく強大な——巨大な《気》が二つ……戦っている！　間違いない——」

「ああ。おいらもそ——そう思う……」

ユリウスは唇まで青ざめている。イトスギの木に串刺しにされているのが苦しいだけ、というわけではなさそうだ。

「でも、こんな——」

「これほど巨大な《気》どうしの戦いなど——ずっと見たこともない……いや、前に——似たようなことを感じたことはあった気がするが——いつだっただろう。おお、そうだ……あれは、アモン……」

ヴァレリウスは思わずそっとルーンの魔よけの印を切った。

「だがこれはそうじゃない……これは、まぎれもなく、グラチウスと……」

「もうひとつのも——おいら、知ってらあ」

ユリウスが叫ぶ。

「ああ……」

ヴァレリウスは緊張したおももちでつぶやいた。そしてなおも、はるかにきこえ、ひびいてくる《気》の流れを正確に感じ取ろうと目をとざし、感覚をすませた。

魔道師ならぬものたちには、ただ漠然となんらかの不吉な波動、としてしか感じられはすまい。——それでも鋭敏なものにとっては、その不吉な波動の影響は受けずにはおられぬだろう。それほどに、流れてくる《気》どうしの死闘は、すさまじい。

どちらもすさまじい死力をつくして戦っていることが感じられる——おそらく、その戦場となっている、もっとも中心の部分では、大地が裂け、岩が舞い上がり、そして巨大な——通常はありえぬほど強い《気》どうしがぶつかりあい、叩きつけられ——その圏内にうっかり入ったものは鳥もけものも人間も、たちまちあとかたもなく破壊されてしまうほどの強烈な衝突がくりひろげられているに違いない。いうなればまるで、竜巻と竜巻どうしの激突そのものだ。

（す、凄い……）

上級魔道師のはずのヴァレリウスが、おのれをまるで、たったいま魔道の修業をはじめたばかりの小僧ッ子のように感じるほどの、すさまじい魔道の死闘。

鳥もけものも怯えてそこからなんとかして逃げだそうと必死になっているだろうし、当然、そのあたりからかなりの範囲にすまう魔性のものたち、妖魅にせよ精霊にせよ怨霊にせよ、このすさまじい《気》にあてられてざわざわとうごめきだし、あるいは逃げだそうとしたり、あるいは激しくさわぎたてたりしはじめているに違いない。いったいこの死闘の現場がどのようなことになっているかは、見たくもない、といった感じだ。

（なんとすごい《気》の闘いだ——俺が、もし——その近くにいようものなら……）

吹っ飛ばされてしまう。それどころか、どんなバリヤーも通じずに、それこそ竜巻にまきこまれた小さな葉っぱのように粉砕されてしまうかもしれぬ。

（ただごとじゃない。——この《気》はまことにただごとじゃない。だが、ユリウスのいうとおりだ——この《気》は——片方は間違いなくグラチウス、そしてもう片方は——

——）

「イェライシャ」

青ざめた顔で、ユリウスが口走った。

「俺——見たことがある。この《気》も……この《気》の持ち主と、お師匠様の闘いも——前にも見た。何度も見たよ——そして、ひとたびは、お師匠様が勝って——そいつを五百年もの長きにわたって、地下深くに——お師匠様がひそかに支配してたユラニアの宮殿の地下に封じ込めるのを、おいらも手伝ったんだよ……でも——」

「………」

「そいつは、逃げちまった。それは、お師匠様がこれまでぶつかった、アグリッパ以来最大の宿敵だったんだ。——だけど、そいつは逃げちまって、そして……」

「イ、イ、イ、イェライシャ」

ヴァレリウスは機械的に繰り返した。

「《ドールに追われる男》——イェライシャ！」

「そうだ、イェライシャ——」

ユリウスは、弱々しく身をもがく。

「どうしよう、大変だ！　お師匠様が——〈闇の司祭〉が、《ドールに追われる男》と闘っている！」

「グラチウスと——イェライシャが——正面から……ここまで正面きって激突して…

……」

あえぐように、自分がつぶやくのを、ヴァレリウスは聞いた。

「何故だ――何故だ――何故だ？」

「わ――わから――ない」

ユリウスも喘いでいる。

「お願い、お願いだから、ヴァレ――ヴァレちゃん！　これ抜いてくれよ！　このままじゃ――わあ、こっちに来そうだよ！　こっちにきたら、このままじゃ、おいら立木と一緒に粉々にされちゃう！　逃げなくちゃ！　なんか知らんけど二人ともめっちゃ本気だよ！」

「ああ、まさに本気のようだな」

ヴァレリウスはやはりほとんど機械的に呪文を解除し、祈り棒を消滅させた。瞬間的に、ユリウスが飛び退いた。

「逃げよう。ヴァレ公」

「何だと」

「ここにいたんじゃ、巻き添えくらうよ！　危ない、早く逃げよう。来るよ、やつら、闘いながらこっちに向かってる！　《気》の流れがこっちに向いてる！」

「ああ、そのようだな」

このとてつもない、竜虎相打つ、とでもいうしかない闘いをどう考えたらいいのだろう。

ヴァレリウスはやにわに空中高く舞い上がってみた。そして、うめいた。ここからでも、すでに、はるか彼方、ユラ山系の北端あたりから真ん中にかけて、空気の渦がすさまじく二つぶつかりあっているようすがまざまざと見てとれたのだ。その下では、それこそまともに竜巻にでも襲われたように木々が倒れ、焼けあとの灰が巻き上げられているようすが夜目にはっきりとわかる。

(このままだと——救援隊が危ない、か？)

「何、のんびりしてんだよ。逃げ、逃げなくちゃ！」

ユリウスが絶望的な声をはりあげる。

「お師匠じじいはめったにここまでならないけど——なったときにはもう、他のもんじゃどうもこうも手がつけられないよ！　逃げなくちゃ！　おいら、お師匠じじいがこうなったときにはもう、何があろうと近づかないんだ！」

「いいから、好きなところに逃げろ。俺は——」

救援軍に戻って、マリウスたちを守らなくてはならない。

ここまで、巨大な魔道師たちが争うのをみたのははじめてだったし、これほどに巨大な、魔道のみによる争いを目のあたりにしたこともはじめてだった。長年の魔道学の修業のなかで、さまざまな、偉大な魔道師どうしの争闘のすさまじさ、その甚大な被害——時には都市ひとつさえ滅ぼしてしまうほどの被害が出たという挿話もきいてはいるが、現実に、世界で一、二を争う魔道師どうしが正面きって、おのれのもてるすべての魔力を使ってぶつかりあうのを見たのは、はじめてのことだ。

「早く、逃げようよ！」

ユリウスが、激しくヴァレリウスの腕を引っ張った。ヴァレリウスはそれを手を、つかわないで払いのけた。

「勝手に逃げろ！　俺はしなくてはならぬことがある」

これほどの魔道師どうしの争いとあっては、とうてい、自分の力で張った結界くらいでどうにかなるかどうかはわからない。しかも、結界は、大きく張れば張るほど力が弱まる。マリウス一人をなら、なんとかなっても、ほかのものたち全員を守れるかどうかはわからないのだ。

（だが、なんとかしなくては——）

（ヴァレリウスさま！）

部下からの念話——悲鳴のような念話が耳をつんざいた。

（異変であります！　異変が発生しています！　《気》の流れの非常な乱れが——）

（わかっている）

ヴァレリウスは心話を叩き返した。

（すぐ戻る。結界を張れ。マリウスさまをお守りするのだ！）

第三話　魔道嵐

1

（お早く、お戻り下さい！　様子が変です。どこかでおびただしい竜巻が発生しております！　何か、おそらく……想像もつかぬ事態が――異変が――）

下級魔道師の心話はひたすらあわてふためいている。ヴァレリウスは舌打ちしたい気持になった。

（わかっている。いますぐ戻る！　キノスに指図をあおげ！）

（は――はい！　お願いです、お早く、お戻りを……）

そんなことだから、グラチウスに木っ端魔道師の群、と云われるのだぞ――そう、ますます舌打ちしたい気分で考える。心話からは手にとるように下級魔道師の動揺が伝わってきた。おそらく、本陣もまた大変な大騒ぎになっているのだろう。

「どうすんだよ」

ユリウスはもう逃げ腰で空中に舞い上がっている。お腹のところに、ぽこりと大きな空気穴があいているが、それは気にもとめていないし、痛くもかゆくもないらしい。それはまったくおかしな格好であったが、ヴァレリウスもそんなことは気にもならなかった。いつのまにか、このおかしな怪生物にすっかり馴らされてしまったらしい。

「ねえ、逃げようよ！　でないとどんどん——わあ、こっちに向かってる！　こっちに来るよ！」

ユリウスのいうとおりだった。

ぶきみな地鳴り鳴動、そしてごうごうと巻きおこる風、その風が下のものすべてを巻き上げておこる竜巻——恐ろしげにただごとでない気配をふりまきながら、どろどろと《何ものか》がこちらに向かってこようとしている。そのすさまじいありさまは、普通の視力でははっきりと何が起きているのかをみてとることは出来ぬだろうが、それだけにいっそう、得体の知れぬ大変な事件がおきつつあるのだ、ということをはっきりと感じさせるのだ。むしろ、何もわからぬ普通人のほうがいっそう、皮膚の感覚だけで「何か、ただごとならぬことがおこりつつあり、それがこちらに向かっている」ということを漠然と感じて恐怖におののき、恐慌状態に陥るかもしれぬ。

（凄いものだな……）

日頃、剽軽にふざけ散らしている姿しか見ぬことのほうが多いからといって、むろん、ヴァレリウスには、グラチウスの、《本当の姿》が見えておらぬわけではない。

だが、それでも、日頃、（この程度の力はあるのだろう――）とおよそ見積もっていた、その軽く五、六倍は、〈闇の司祭〉には、力があったのだ、と思う。それだけのことを感じさせる力が、魔道師のヴァレリウスが感知するこの二つの巨大な魔道の力の争いのなかにはある。

（それに――やはり、《ドールに追われる男》も……凄いものだ……）

さすが、というべきだろう。ヴァレリウスには、ぶつかりあう二つの魔道の《気》の力の、どちらが邪悪な力の渦巻く黒魔道の――したがってグラチウスのもので、どちらがイェライシャのものだ、ということは、まるでその、目にみえぬ竜巻がそれぞれ漆黒と純白に染め分けられているかのようによくわかる。その黒い、グラチウスの《気》のすさまじさに対抗している、もうひとつの力のほうも、ほとんどグラチウスのそれに匹敵する巨大な底知れぬパワーを秘めているのがよくわかる。

（思っていたより――というと大変失礼にあたってしまうかもしれないが、それではイェライシャ導師も俺のひそかに見積もっていたよりも、ずっと力があるのだな……まあ、でなくては、《ドールに追われる男》などという異名を頂戴するほどに長いあいだ、魔神ドールとその教団すべてを敵にまわして逃げ延び、生き延びていることなど出来はすまいとは思ったが……）

それに、たぶん、このところずっとルードの森にひそんで、イェライイシャはひたすらおのれの力をつけることに専念していたのだろうと、ヴァレリウスは思った。

イェライイシャには何回もひとかたならず世話にもなっているし、助けられてもいる。また、弟子入りするならイェライイシャしかない、とまで思いもしたが、それゆえ当然イェライイシャのもつ容易ならぬ力はよくわかってはいても、グラチウスと同じく「ここまでだとは」――思っていなかった気がするし、グラチウスの場合には、それは、黒魔道ゆえ、隠しおおせてしまえばおもてにはなかなか普段は出てこないから、ヴァレリウスが迂闊で計りきれなかったのだ、といってしまえばそれまでだ。だが、イェライイシャについては、(確かに、この前には、ここまでの力を持っているとは思えなかった――むろん、力弱い魔道師だなどとは思ったこともないが……)そう、ヴァレリウスは思う。

(あるいは……イェライイシャ導師もまた、ああして中原からなりをひそめて長期間消息を絶っていたというのは……グラチウスの野望なりたくらみなりを察知し、それを阻止するべく、おのれ自身があらたにいま以上の非常な力を身につけなくてはならぬ、とお考えだったのかもしれぬ……)

「ねえ、ちょっと!」

ユリウスが半泣きの声になっているのに、やっとヴァレリウスは気付いた。

「おいらもう待ってられないよ！　このままじゃ、吹き飛ばされちゃうからね！　おいら先にフケるよ、いいんだね？　知らないよ、連れてってくれってあわてて頼まれたって知らないからね！」

「いいから先に逃げてろ」

ヴァレリウスは、なんとなく、奇妙な一種の連帯感のようなものさえいまはこの怪生物に感じながら叫んだ。

「俺はまだちょっとこのようすを見守っていたいし、俺はまだ大丈夫だ。お前は先に逃げろ」

「チェ……心配してやったのに。あんたなんか、あんなばかでかい《力》にまきこまれたら一瞬だぞ」

捨てぜりふを吐いて、そのままユリウスはひょいと虚空に消え失せる。ユリウスは魔道師というわけではないが、二千年から生きてきていると、それなりに魔力を積み重ねてきて、もとはただの淫魔にすぎなくても、あれやこれやとの小癪な業を使うようにはなるものだと、ヴァレリウスは一瞬感心した。むろん、グラチウスのそばにずっといて、その魔力の影響を受けている、というのも実際には大きいのだろう。

（それにしても――俺なら……）

ずっと、ヴァレリウスの心を占めてやまなかったのは、ただひとつ、そのことであった。

おのれが――上級魔道師としての魔力に多少なりとも自負もあれば、だがそれだからこそいっそうより巨大な力へのひけめや憧れもあるおのれが、この巨大な、二大魔道師どうしの戦いに万が一、介入しなければならなくなったとしたら、どうしたらいいか。

まっすぐに直接にぶつかったとしたら、それこそユリウスがおそれるとおり、鎧袖一触《がいしゅういっしょく》で払いとばされ、そこに何がいたともどちらもが意識さえしないあいだに、そのパワーと結界のぶつかりあって放つとてつもない衝突のパワーによって、一瞬に粉砕されてしまうだろうことは、明らかであった。それは、まことにヴァレリウスにとっては口惜しいことではあったが、力の違い、というものはいかんともすることができない。

（まるで――大人と子供、いや、それよりももっとひどいな……）

巨大なワシと小雀ほどの違いになってしまうだろうか。そう思うと、ヴァレリウスは魔道師としてのプライドがうずうずとうずいてやまぬのを感じる。だが、いまのおのれでは、何かよほど特殊な方法でも講じないかぎりは、〈闇の司祭〉にせよ《ドールに追われる男》にせよ、とうてい歯がたつものではないだろうとは、悔しくとも認めざるを得ない。

（しかし、正面からぶつかるわけにはゆかなくても……何か方法はあるはずだ、何か――知恵を使って、なんとかする方法が……）

さっきから、この、目にみえぬ《気》と《気》との争闘に見とれながら、ヴァレリウスが、ユリウスのことなど気もそぞろになってしまうほどに考えに考えつめていたのは、そのことばかりであった。

もっと下級の、もっと力のない魔道師であれば、そんなことさえとうてい考えられもすまい。なまじ、ヴァレリウスは、それなりに、魔道師ギルドに属するような魔道師としてはできる限り力をつけた、という自信をそれなりにもっている。だがギルド魔道師というのが、さまざまな制約に縛られもするし、また、組織として動かねばならぬし、さらに、単独の魔道師が当然するような無茶な修業を禁じられているがゆえに、とかく、単独の魔道師に比較すれば相当に力が落ちる、ということも本当だ。

（くそ……くやしいな。こういうときは、パロの宰相もなにも放り出して、ひたすら、あのアグリッパに会いにいったとき思ったように、イェライシャ老師に弟子入りして——魔道師としての修業をつみにつんで、われこそ天下一の魔道師と名乗りをあげられるまでやってみたくなるな……）

そのようなことを考えること、自体が、ヴァレリウスという魔道師は、魔道師としては、あまりギルド内におさまるタイプではない、ということなのだろう。

（ヴァレリウスさま！）

つんざくような心話が、夢中になって（俺だったらどうやってこの巨人二人を——どちらかだけでも、相手にしてなんとかやっつけられるかな……）と考えふけっていたヴアレリウスの脳を突き刺した。

(何をしておいでですか、ヴァレリウスさま！　マリウスさまが！)

(なんだと。マリウスさまに異変か？　わかった、すぐ戻る)

あわてて、ヴァレリウスは現実にかえり、遠くの山の上の空をあやしくもやもやと目にみえぬ雲どうしがたたかっているかのようにわきたたせている二大魔道師たちの決戦をしりめにかけてユラ山系の上空を飛翔した。

何回か《飛んで》、少し手前の林のあたりで舞い降り、そのままもどかしさに舌打ちしながら自分の足で走って林をぬけて、山道の途中の、野営地に戻ってゆく。野営地のなかはざわざわとざわめきたっているようだった。

「あっ、ヴァレリウスどの」

かれの黒い魔道師のマントすがたをそれと見分けて、何人もの伝令の騎士が駈け寄ってくる。

「トール将軍が、本陣へお願いしたいとずっと捜されております」

「ゼノン将軍もお待ちです」

「ただいますぐ、本陣へお願いいたします」

「心得ております。いま少し——数秒《タル》のみ、お待ちを」

ヴァレリウスはおのれの部下たちのあいだに飛び込んだ。

（どうした）

「ああッ、ヴァレリウスさま！」

「大変です。何か気配が——気の大幅な乱れが生じて……」

「そんなことはわかっている！」

思わずヴァレリウスは苛々して怒鳴った。それから後悔して心話に切り替えた。

（わかっている、偵察してきたところだ。これは、グラチウスと——イェライシャ老師の死闘だ。二人の魔道師の死闘がユラ山系の北辺ではじまっている）

（ええッ）

（イェライシャ老師の！）

下級魔道師どもはヴァレリウスの姿をみておそろしくほっとしたようだった。おそらく、《気》の猛烈な乱れは察知しえても、かれらでは、それがなにゆえなのか、どのような性質をもつものなのかまではとうていわかり得ないのだろう。

（マリウスさまがどうかしたといっていたな。どうした）

（そ、それが）

（マリウスさまが、このあたりに見あたりません）

「何だと」

思わずヴァレリウスは大声になった。

(キ、ノ、ス、!)

自分が偵察に出ているあいだには、キノスにマリウスを見張らせて——ということばが悪いが、護衛させていたはずだ。

(まさか——やられたか? 〈闇の司祭〉に奪われた……か?)

(だとしたら——キノスのやつめ、さかさはりつけものだぞ……)

「見あたらんとはどういうことだ!」

「そ、それが……ちょっと前までは、おいでになったのでございますが——何か妙な《気》の乱れが生じ、非常な脅威を感じてみなが怯えはじめましたゆえ、ちょっと協力して魔法陣を組もうとしておりましたすきに……」

「目をはなした、ということか? 馬鹿者」

ヴァレリウスはかっとして怒鳴った。もとよりあまり人間の練れているほうとはお世辞にもいえない。

「そんなことでつとまるか。だから俺が偵察に出ているあいだ……」

「い、いえ、しかし、確かに結界は破られてなかったのでございますが……」

「ヴァレリウスどの!」

ふたたび、駆け込んできたケイロニアの伝令のすがたをみて、魔道師たちはあわてて押し黙った。

「ヴァレリウスどの、本陣へお早く！　お願いいたします！」

「わかりました。――えい、ちょっと待て。お前たちは――」

（とにかくお行方を調べろ。なにものかに拉致されたのか、それとも御自分の意志で出てゆかれたのか、御自分の意志ならそんな遠くにはゆかれまい。とにかくいま、このあたりは危険がどんどん増幅している。早く、収容しろ）

（は、はい）

（かしこまりました）

あわてて魔道師たちが散ってゆくのを、舌打ちして見送って、ヴァレリウスはとうとうあまりにも気が急いたので、「失礼」と伝令に会釈するなり、一気に《飛んだ》。さぞかし伝令は、目の前でヴァレリウスが消え失せて仰天しただろうが、もうそれにかまっているいとまもない。

「お呼びになりましたか」

「おお、ヴァレリウスどの！」

本陣には、トールやゼノンやその副官たち、ヴォルフ伯爵ら幹部があつまって、なにやら必死に取り沙汰している最中のようすだった。

「これは、どう――どういうことなのでしょうか。なんだか、気配が妙で……」

「気配」

魔道師でもないくせに、しゃれたことを、と思いかけて、ヴァレリウスはちょっと首をふった。

本陣の外側では、不穏な騒ぎがまきおこっていた。馬どもがひっきりなしにけたたましくいななき、鳴きたて、そして足掻いている。動物のほうが全体に人間よりも五感が発達している。ことに軍馬は知能ももともと高く、そして動物としての直感もきわめて発達している。その直感に、この二大魔道師の激しい戦いによる《気》の乱れは、えたいの知れぬ大変な脅威が近づいてきている状態、として、非常な怯えをそそり、危険を警告するものに感じられるのだろう。

「馬どもが、つい一ザンほどまえから、猛烈に暴れ出しまして——中には、とうとう、あるじの手をふりほどいてかけだし、崖下に転落して墜死してしまった馬も何頭かあるようなありさまでございまして……」

トールの副官のバルスが、不安そうに説明した。いかにも経験ゆたかな職業軍人、という感じのがっしりとした中年の男だが、それだけに、おのれの経験にもないようなそのようすがいっそう不安をそそるのだろう。

「馬どもだけではございませぬ。——なんだか、四囲の森のなかで、ひどく——鳥がさわぎ、ばたばたと飛び立ち、獣どもも啼きさわいでいるようすで——いったい、何かの前兆なのでしょうか。何か、よくないことがおこるのかと……」

「また、山火事でしょうか？」

トールがヴァレリウスを見つめた。ヴァレリウスは一瞬、どう答えたものか、迷ったが首をふった。

「いや、山火事の危険はありません。実はわたくしはたったいま、ちょっとこの気配があまりに異様でしたので、魔道を用いまして、失礼して少し偵察してきたのでありますが——これは……」

「これは——」

「非常な力をもつ魔道師どうしの争闘です」

「おおっ——」

ケイロニアの武将たちの口から、驚きの声がもれた。

「ま、魔道師どうしの——」

「争闘？」

「そのとおりです」

ヴァレリウスは、グラチウスに対するケイロニアの武将たちの心酔にちょっと水をさしてやる、かえってよい機会かもしれぬ、とひそかに考えた。

「これは、グラチウスどのと——おそらくは、私の……そうですね、いうなれば師匠筋にあたる、《ドールに追われる男》と渾名されるたいそうな力ある老魔道師がおいでになるのですが、この《気》のパターンからして、そのかたとの争いです。――いったい何をきっかけにしてこれほど激しい争いになったのかはわかりません。私でも、これだけの力のある魔道師どうしの死闘となるととうてい、近づくことさえ出来ませんでした。――うかうかと近づけば、何もかもが破壊されてしまいかねないほどの力です。このまこちらにむかってくるようなら、危険ですから、ただちに避難する必要がある」

「なんということだ」

トールは仰天したように叫ぶ。

「そんなことが？　グラチウスどのが、いったいなぜ……ヴァレリウスどのの、師匠筋にあたられる――？」

「ええ、イェライシャといい、グイン陛下ともひとかたならず懇意にしておられる、たいへん人格も立派な魔道師です。グイン陛下が、ユラニアで――昔、アルセイスに攻め入られたときにグラチウスの手から救出されたのを恩義に思われ、なにくれとグイン陛下に肩入れしている、たいへん力のある魔道師でおられる」

「おお！」

トールは目をまるくした。

「その名前は心当たりがある。というか、イェライシャ、という偉大な魔道師がグイン陛下とかかわりをもっていることは、それがしも知っている。しかし――待って下さい、ヴァレリウスどの。ということは……グラチウス老師と、そのイェライイシャ老師が、戦って……とは――」

「このさいだから、あけすけに申し上げますが」

ヴァレリウスはすべてをぶちまけてやろうと腹をきめた。

「グラチウスどのは――今回はどこまで誠実にふるまっておられるのかどうか、それはわたくしなどではなかなかあれほどの大魔道師の心底すべてははかり知れませんが、しかしおおもとはなんといっても、あのかたは黒魔道師ですよ。いや、それどころか、この世の黒魔道師のたばねのようなおかただ。皆様、ケイロニアの将軍がたがいたく信頼しておられるゆえ――それに、ここにいたるまでは特にまったく嘘いつわりを申したり、われわれに害のあるようなことを仕掛けてくるようすもありませんでしたので、私も警戒しながらも、彼については何も申しませんでしたが、本当のところ、彼はかなり危険な人物だと思います。――といっても、グイン陛下に記憶を取り戻させたい、という彼の意向そのものにまで、嘘があるとは、私には思えませんが。確かにおそらく、彼は、自分の力ではグイン陛下に記憶を取り戻させることが出来ぬゆえ、もっとずっと陛下にちかしい人々に陛下を救出させ、記憶を取り戻させるこころみをしたい、と思ってここにあらわれたのであることは間違いありますまい。――しかし、そのもうひとつ奥にひそむ意図については、私は請け合えたものではないとずっと思っていました」

「待て、これは容易ならぬことだ」

トールは凜と声を張って、がやがやと騒ぎはじめた幹部たちをおさえた。なかなかに、さすがケイロニア黒竜将軍の貫禄を思わせた。

「ヴァレリウスどの、いま少し詳細にお話をきかせていただきたい。グラチウス老師の行動のもうひとつ奥にひそむ意図、とは？　それは、ただ純粋にグイン陛下をわれわれがお助けする、その手伝いをしてくれよう、というそれだけではない、ということでありましょうか？」

「さようです。おそらく——それについては、実をいいますと私はずっとかげながら探りだそうとし続けておりました。というより、私が、この遠征に申し出て同行しようということになったのは、ひとつには、ケイロニアの武将の皆様だけでは、あまりにも魔道と縁がおありでなく、それゆえグラチウスがもし手のこんだ魔道のワナを仕掛けてきたとしても、まったく対抗できぬままそこに陥っておしまいになるだろうと——そのような不安があったからですが……」

「それは……また……」

「いままでのところは、グラチウスは何もおかしなことはしかけてきておりません。それは保証します」

ヴァレリウスはあまり一気にグラチウスへの信頼をくつがえそうとしすぎて、逆効果になってはと、慎重にことばを選びながら云った。

「しかし、何をいうにも彼はドール教団の開祖とまでなった、黒魔道師の元締めのような人間――ここで、黒魔道と白魔道について詳しく御説明しているゆとりはありませんし、また、黒魔道すなわち悪の権化、悪魔の魔術で、白魔道すなわち正義の味方、というような単純なものではありません。それはどちらかというと、むしろ魔道に対する立場のありようの違いにすぎません。しかし、その立場のありようからおのずと、黒魔道のほうがとかく力がある個人の魔道師が多いのも事実です。そして、グラチウスはこれまで、いろいろなところで、グインどのを――あえてこのような言い方をしてよければ『手に入れよう』としてあれやこれやと画策し続けてきた、ということも事実なのです」

「陛下を――」

「手に入れようとした――？」

仰天したように、ケイロニアの武将たちが口々に叫んだ。ゼノンの青い目もまんまるく見開かれている。

「そうです。グイン陛下ほどの強大なエネルギーの持ち主というのは、われわれ魔道師にとっては、おのれの魔力を極端に増幅してくれる、すばらしい――なんといったらおわかりになっていただきやすいでしょうかね、《魔力の増幅装置》としてきわめて魅力的な存在なのです」

トールが太い眉をしかめて、なんとか理解しようとするように苦悶の表情になった。

「ウーム……」

「ということは……」

「いまのところは本当のグラチウスの魂胆はわかりませんが、私としては、信用するのなら、イェライシャ導師だ、ということははっきりしています。――というより、グラチウスはたとえもっともわれわれの味方として肩入れしてくれているときでも、必ずそのうしろに彼なりの考えやたくらみ、目的がある、と考えておくべきだと思います。――それはしかし、必ずしもいけないことではない、われわれ魔道師の考えかたによれば、たとえその当人がなんらかまったく別の目的をもっているにしたところで、それが、おのれの目的とぶつかったり、おのれやおのれの仲間を害する目的をもっているものでないかぎり、なんらそれは非難されるべきものではないのですが――つまり、グラチウスが、陛下が我々と出会い、救出され、サイロンに戻って記憶を取り戻されることにこれほど執着し、肩入れし、手助けしてくれるというのは、グラチウスが陛下の取り戻す記憶になんらかの目的があるからだ、としたところで、それはそれで、私は、それで陛下がすみやかに発見され、救出され、記憶が戻るならけっこうなことではないか、と思うわけですが――ただ、問題は」

ヴァレリウスは一気にしゃべって、息をついた。

誰も口をきくものはない。トールもゼノンも、副官たちもアウスも、真剣そのものの顔でヴァレリウスを見つめて次のことばを待っている。

2

「問題は、つまり――陛下が記憶を取り戻すのは、グラチウスひとりの力ではまったく無理のようだ、と判断したグラチウスが、われわれ、というより皆様を利用して、陛下が記憶を取り戻すまで力を貸し、そしてそのあと、記憶を取り戻した陛下を拉致するなり、なんなり――あるいはまた、その陛下の戻った記憶を利用して、中原やケイロニアやわれわれ自身になんらか害の及ぶような――それこそ中原征服とかですね、そういうたくらみを持っているのだとしたら、ということですが。たいへん正直に申し上げて、私がこの遠征に同行したについては、グインどのが記憶を取り戻してケイロニアに戻られるお手伝いをしたい、ということのほかに、パロ魔道師ギルドの一員として、グラチウスを看視し、その本当の目的を確認しなくてはならぬ、ということもあったのです」

「そ、そうなのですか……」

トールはひどい衝撃をうけたようにじっと考えこんだ。

それでもまだ、このなかではトール将軍が一番人がましい知能を持っている、といっていいらしいぞ、とひそかにヴァレリウスは考えた。

（まあ、それは——グインがおのれの副官と見込んでどんどん出世させ、そして結局さいごには、ケイロニア最強の黒竜騎士団の団長となった傑物なわけだからな。——しかし、それにくらべると、やはりタルーアンの血をひくからなのかな。……ゼノンどのは、だいぶんおつむがおっとりしているようだ。空のようにきれいな色の、青い目をぱちくりさせているばかりで……たぶん、いま俺が話した話はほとんど意味がわかっていないらしい）

それは、生憎なことに、ヴォルフ伯爵アウスも同じことのようだった。ましてや、副官のドルカスやバルスたち准将などは、なんとか理解しようと眉をしかめ、首をふり、重たいものでも持ち上げようとするかのように全身をこわばらせて考えこんでいるありさまである。

「それは——あらかじめ、うかがっておくべきだったかもしれぬ。われわれは、無条件にグラチウスを信頼していた。非常に危険なことをしていたのでしょうか」

「いや、ですから、いままでのところは、グラチウスは何もそのような、今回の救援軍の任務をさまたげたり、害になるようなことは、いたしておりません」

ヴァレリウスは忍耐強く説明した。

「それに、今回のこの異変についてですが、むろん私はおのれが師匠と見込むならこの人と思っているから、というだけではなく、白魔道師の系列でもあれば、また事実上《ドールに追われる男》という異名でもわかるとおり、グラチウスとは宿敵といっていい立場にありますから、とりあえず文句なしにイェライシャ老師を支持する側にまわりはしますが、しかし、実際にこの魔道師どうしの争闘がどのような理由で勃発したのかわかりません。――いずれにせよこれほどにグイン陛下のお行方に近づいたり、またこの山火事のような大きな異変があってからおこったことですから、今回のこの、われわれがここまでやってきた一件とかかわりがないわけはない、と信じますが、魔道師というものは、たいへん独特な論理で動くものですから、いつ、どこでどのようにしてグラチウスとイェライシャ老師が激突することになったのか、それはわかりません。――というか」

ヴァレリウスはどこまでこの、魔道のまの字も知らぬ人びとにもわかるように懇切丁寧に説明したものかと迷いながら出来る限り口早にいった。

「通常はですね。――魔道師どうしが、そのもてるすべての魔道を使って激突する、というようなことは、非常にまれなのです。ことにグラチウスとイェライシャ老師ほどにどちらも力のある魔道師の場合はですね。――力に差があれば、力の上のほうの魔道師が一瞬にして、力の下の魔道師を制圧しておしまいになってしまいます。しかし力が伯仲していた場合、魔道師どうしの争闘というのは、大体において、どちらも致命的な破壊を受けておわる、というところまでいってしまうことが多いのです。——いったん魔道のパワーを解放してしまうと、それ自体が勝手に動き出しますから、そのあとは、持ち主である魔道師がとどめよう、制御しようと思ってもとても出来なくなってしまうことが多い。だから、魔力が暴走する、と申しましょうか——ある程度力のある魔道師どうしが戦えば、その地域はたいへんな荒廃にさらされ、またその魔道師はどちらも完全に滅びるところまでいってしまう、共倒れになる、という結果が一番多い。——だから、魔道師たちは、よほどのことがなければ本当に全力を解放して魔道の争いをくりひろげるようなことはできません。まして、グラチウスとイェライイシャというほど、——この世界で一、二を争う大魔道師どうしが正面きって激突したら、その被害も大変なものです。見てのとおり」

「………」

「ですから、本当はこんなことは簡単にはおこりえないはずで——いや、しかし現におきているということは、おそらく、よほどのことなのです。——それがどういうことなのかは私如きではとうていわからないが、しかし……」

「ヴァレリウスどの」

トールがきびしい口調で切り込んだ。また、ちょっとだけヴァレリウスは（さすがグインの右腕だな）と妙に感心した。

「我々はどうしたらよろしいとお考えか。ただちに撤退するべきか。それともここを避難すべきか、その場合にはどのあたりへと目指して方向変換するのが一番よろしいか。じっさいに魔道師どうしの争闘というのがこの近隣に及んだ場合、我々普通人の身にも被害が及ぶものなのでしょうか。現に馬どもは大騒ぎをはじめているし、兵士たちもかなり不穏になってきているが、これもその魔道師どうしの争闘の影響なのでしょうね？」

「そのとおりです」

ヴァレリウスはきびきびと云った。

「いますぐ避難することが絶対に必要です。ただ、ここは山道で、あまりそう急いで方向転換もできないし、道もはかどらない。しかし、ここはひとついえるのは非常に場所が悪い。足場が悪すぎるので——魔道師どうしの争闘というのは具体的にも、崖をくずしたり、獣たちを狂乱させたり、人間にもいろいろな波動の影響を及ぼしますから——ことにこれだけ大きな力をもつ魔道師どうしの争いというのは、本当にめったにないことですから、まあ、ひらたくいえば、巨大な竜巻が二つ、ぶつかりあっている、と考えていただければよろしい。そうするとそこには巨大な力が発生して、岩がふきとんだり、屋根がとばされたりしますね。それと同様なのです。だが、だからといって、どこまで逃げればよいかということになると」

「どうしたらいいですか」

「まずはもうちょっとだけ馬が落ち着けるようにしなくては危険ですね。馬のほうが危険です。とにかく馬をなるべく一個所に集め、そのまわりにわれわれの魔道師部隊が結界を張りましょう。もっともわれわれだけで張れる結界の強さにも大きさにも限度がありますので、そのなかにすべての馬を収容することは難しいし、逆にまた、馬をそうして収容してしまったがために、こんどは人のほうがその波動を無防備で受けてしまう、ということもありうる。本当は一番いいのは、この地域から完全に遠ざかるか——さもなければ」

「さもなければ」

「あの争いを止めさせること、なのですが……」

ヴァレリウスは息を吸い込んだ。

「残念ながら、あれほど巨大な争闘では、私にはそんな力はない。だが、このままでいるわけにもゆかない。やってみるだけのことはやってみます——というかそもそも、この二人にせよ、いったん激突したら、どうなってしまうか、ということは知ってのはずです。互いの力が伯仲していれば、このあたりを廃墟にするほどに荒れ狂った揚句に、グラチウスもイェライシャも致命的ないたでをうける、回復不可能なまでにやられてしまう、ということになりかねない。——グラチウスは無理だと思いますが、なんとか、イェライシャ導師に呼びかけて……出来るかな」

さいごは思わずも洩れたようなひとりごとになった。ヴァレリウスはひそかに吐息をもらした。

(また……俺が、そういう貧乏くじをひくことになるのか。——俺程度のたかが上級魔道師で、こんな、世界有数の魔道師どもの争いに介入することなんて、出来るわけがないじゃないか……)

(だが、いったいなんで、イェライシャは……グラチウスはともかく、イェライシャがどうして……)

(イェライシャは、いつだって、とても親切な魔道師であることは本当だ……我々、パロの聖王国も、イェライシャのおかげをずいぶんとこうむっている……その上にイェライシャ老師はいつでも、グインに対してはことのほか肩入れしていた。——だが、ここでまた、イェライシャ老師がグラチウスと激突して、ということまでするとなると……)

(それもまた、グインをめぐってということなのだったら——あるいは、グインの身に、何か非常に大きな危険が……? それはグラチウスによるもので、老師はそれをはばみ、グインどのを守ろうと——?)

「もう、我々にはこうなると——ヴァレリウスどのしか、頼るものはありません」

沈痛にトールが云う。

「我々に出来ることを云っていただければ、たとえ何かまじないをとなえたりするようなことでもそのとおりいたしますが、しかし——そういう程度のことではとうていすまないんだろうなあ」

「すみませんね」

ヴァレリウスはそっけなく聞こえないように気をつけながら云った。

「もう、そういう段階ではありません。ともかく、ここから下手に動き出すとかえって危険かもしれない。何分このあたりはひどく足場が悪いですしね。それに、まだたったひとつ幸いなことに、その危険な戦いはまだユラ山系のかなり北側のほうでおこなわれており、こちらまで到達するには少し時間がかかりそうです。ともかくも私如きでなんとか阻止できるものかどうかやってはみます。——トールどのは、ともかく馬をおさえ、私の配下の魔道師どもに私がちょっととりあえず馬を落ち着かせるかるい魔道を教えておきますから、それをおこなわせて、あと部下のかたたちの動揺をおさえるよう伝令を何度もまわし、ここで待機していていただくのが一番いいでしょう。——下手に動くとこちらの動揺が、あちらからの強烈な波動に同調してしまい、それによっていっそうあちらの争闘にも力をあたえ、こちらもその波動によってどんどん恐慌状態に陥ってゆくことになります。ことに指揮官の皆様がたは、決して動揺せぬよう、たえずおのれの冷静を持していていただきたい」

（といっても、無理だろうけどなあ……）

内心ヴァレリウスは思ったが、ゼノンがきょとんとしているのをみて、案外、こういう単純すぎる武人のほうが、こういうときにはいいのかもしれないな、とひそかに考えた。ゼノンには何のことだかわからなさすぎて、目の前に敵が出てくるまでは、とりあえず何も考えずにおこう、とでも考えているのだろう。逆に、そうしてもらったほうがいい。

「ともかくまだ何も事情がわかりませんので、あまり御心配なさらず。ともかく私はこれからちょっとようすを見てきますが」

えらいことになったな――とひそかに考えながら、ヴァレリウスは外に飛び出した。

それよりも、ずっと、心にマリウスのことがひっかかっていてしょうがなかった。

（まさかと思うが――あのユリウスのあらわれたのも、もしかして……俺をひきとめて、そのあいだに――そんなワナだったとしたら――以前、確かグラチウスはマリウス殿下を人質にして――マリウスとシルヴィア皇女を人質にして、グインをキタイにおびき寄せる、というような陰謀をたくらんだことがあったと聞いたことがある。どうしてかわからないが、マリウスは、グインという英雄にとってのひとつの弱点なのかもしれない）

（あまりに正反対の存在だからか――それとも、あの、このあいだの夜のふしぎな感応の事件でもわかるように、あの二人のあいだには、何か余人の伺い知ることのできぬきずなのようなものがあるのかな。――だとしたら、それを利用しようとグラチウスがたくらむのも無理はないかもしれないが）

だが、いまのところは、グラチウスが手をまわしてマリウスをさらった、ということは考えにくい。イェライイシャのこの力をもってすれば、グラチウスにせよ、かなりの全力をあげてむかわなくてはどうにもならぬはずで、片手間でマリウスを拉致したりというような器用なことはしていられそうもない。

「マリウス殿下のお行方は見つかったか！」

おのれの部隊に戻ってくるのももどかしくヴァレリウスはきいた。そこにはすでにキノスが戻ってきていた。申し訳なさそうに、黒マントの頭をさげる。

「私の不覚でございました」

「不覚はどうでもいい。マリウスさまは」

「もう――実は、ヴァレリウスさまが、斥候に出られたその直後から、マリウスさまは、陣内にはおいでにならなかったようなのです」

「何だと」

「ちょっとした偽装が――荷物にマントをきせて、マリウスさまがその天幕の奥でおやすみになっているように見える偽装がしてありました。――それで、つい」

（お前は、何年、一級魔道師をしている！）

思わず、ヴァレリウスは怒鳴った。むろん心話であったが。

（も――申し訳ございません）

（常人ならばいざ知らず――まだしも下級魔道師でもあればともかく、こともあろうに一級魔道師のお前が――人間の気配を、見張っていよと命じられたあいての気配を、かしとすりかえられて気付かなかったとでもいうつもりか！）

（ずっと、お言葉通りマリウスさまには気を配っていたのでございます）

キノスは必死の形相になった。

（それが……気付いたらそうなっていて、われとわが目を疑うような――でもちょうどそのころにこの――大変な《気》の争いの波動がきていて、われわれの《気》もかなり乱れておりまして……）

（言い訳にならん！　話にならんわ）

ヴァレリウスはかっとなった――が、ふいに、胸にかけたまじない球を握り締め、妙な顔をした。

（ずっと気を配っていたのに、気付かなかった、だと）

（さようでございます）

きのようすを再現しようと映像を送り込んでくる。

キノスは必死なのだろう。懸命に心話を通して、かれがマリウスの不在を発見したと

マリウスは、いつもはずっと外にいることも多いのだが、雨が続いていたので、自分用にしつらえてもらった小さな天幕に入り、そこでのんびりとくつろいでいたのだ。しばらく、キタラをかきならして歌っている声もきこえていたようだったが、そのうちきこえなくなり、透視してみると眠ったようすだったので、キノスのほうも、ひきつづき見張りながらもちょっとだけくつろいだのだった。

（そのまま——何ひとつかわった気配はなかったのです。本当に、何も気配の乱れも——出てゆかれる御様子もございませんでしたのに……それで、油断しておりましたので、あらためてこの波動がはじまって様子をただちに調べたところ、なんとこのような……）

「……………」

ヴァレリウスは、考えこんだ。

魔道師のいうことばには嘘はない。だとすれば、確かにそれはキノスの責任というよりは、もっとおそるべき力——天幕のなかから、まわりをかため、結界を張って護衛しているギルドの一級魔道師と大勢の下級魔道師たちの目をぬすんで、マリウスを拉致し去ることが出来るほどの力がはたらいたのだ、としか考えられぬ。

「キタラは、残っているか」

「はい、その——私がマリウスさまだと誤認した荷物のところにございました。それもありましたので……私は、マリウスさまはよくおやすみだとばかり……」

(これは、まずいことになった)

ヴァレリウスはすっくと立ち上がった。

マリウスは拉致されたのだ。マリウスはたびたび陣地を抜け出して好き勝手に遊びまわったりもしていたが、そのつど、確実にいえることは、何があろうともキタラだけは持参していた、ということだ。キタラとマリウスというのは不可分のものなのだ、といっていいくらいだ。

そのキタラが残されている、とあるからは——マリウスは、おのれの意志で出かけたのではない、と断言してもよかろう。とすれば——

(たとえ下のほうはいささか頼りないとしても、パロの誇る魔道師ギルドの魔道師団の目をそうそう簡単に出し抜いて、マリウスさまを誘拐できるとしたら——それは……やはりなみの魔力の持ち主では無理だ……)

(やはり——グラチウスか?)

(待てよ——この、イェライシャ老師とグラチウスの戦いは……もしかして、それと何かかかわりが?)

だとしたら、いよいよ、面倒なことになる。

(そうなのか?)

ヴァレリウスはじっと思わず闇に目をすえて考えこんだ。

それから、考えていたところで仕方ない、と心に決める。

「キノス」

「は、はい」

「一級魔道師五人を集めろ。現在この軍に同行しているうちで、お前の思うもっとも魔力の強い者だけだ」

「はい。かしこまりました」

キノスはよほどへこたれたらしく、おとなしく闇にむかって心話を放った。

(ラス。タール。モルガン。マウラス。キアス)

(はい)

(ただいま……)

(お呼びでございますか)

次々と心話のいらえがかえってきて、黒い影がもやもやと目の前に凝り固まって膝をついた魔道師のマントすがたの五つのすがたになった。

「これから俺とともについてこい。生きて帰れると思うな——相手はグラチウス、〈闇の司祭〉グラチウスと、そして《ドールに追われる男》イェライシャだ」

ヴァレリウスはきっぱりと告げた。

「なんとか介入して――この二大怪物の戦いをとめなくてはならぬ。でないと、この山地までたたかいが及んだときには、ケイロニア救援軍に多大な被害が出る。――それを阻止しなくてはならぬ」

(かしこまりました)

(心得ました)

それをきいても、魔道師たちのいらえは何の動揺もなく淡々としている。それだけは、命令に従うことしか知らぬギルド魔道師、と馬鹿にされるかれらの最大の長所でもあり、武器でもある。命令ひとつでいつなりといのちを捨てられるところ――互いの魔力をあつめ、ひとつにして強大な敵に立ち向かうことのできるところ、だ。

(くそ……)

俺は、本当ならば、おのれの力だけでグラチウスにも、イェライシャにも拮抗できるだけの存在でありたいのだが――と、ヴァレリウスはひそかに思った。

(やはり、俺は……パロがなんとかおさまるようになり、あのかたの墓が出来て心ゆくまでおそばにいることが出来たあとには、イェライシャ老師のところに弟子入りして、偏屈な魔道師として力をつけてゆくほうが向いているかな……)

「キノス」

「は、はい」

「今度こそ失敗するな。いいか。――あとはまかせた。俺とこの五名はただちにグラチウスとイェライシャとのこの戦いに介入し、制止するために出陣する。お前はただちにケイロニア軍に残りの全魔道師をつれておもむき、馬どもと司令部のまわりに結界を張り、なんとかこの魔道の戦いの波動を極力阻止するようにつとめろ」

「か、かしこまりました」

「全軍にまで結界をひろげられると思うな。そうするとかえって、いまのわれわれのこの人数と力では、結界そのものが薄くなって危険になる。――あくまで、馬と、そして司令部に限れ。それから、馬おさえの呪術を教えてやるから、手をのばせ」

「は、はい」

キノスがのばした手のひらに、ヴァレリウスはおのれの手のひらをあてると、それを受容器として、一気におのれの中から、その呪術についての資料をキノスの脳へと送り込んだ。

「わかったか？」

「――は、はい。受け取りました」

「よし、それは下級魔道師でも覚えれば使える、獣操りの魔道の一番の初歩だ。それを全員に伝えて、片っ端から馬をしずめさせろ。かなりの数いるから、時間がかかるだろう。すぐかかれ」

「かしこまりました」

「我々はすぐ出発する。ついてこい、五名」

「は！」

もう、ヴァレリウスは、ケイロニア軍にたいして一切の、魔道についての遠慮をすることはやめていた。もう、それどころではない。

「飛ぶぞ！」

「はい！」

「ついてこい。俺についてこられなければ、五人で円陣をくみ、力を重ねあわせてそれを使ってついてこい。俺を見失うな」

「かしこまりました！」

一応、キノスに、この同行のなかでもっとも力のある一級魔道師を集めろと指示はしたが、それでも、一級魔道師は一級魔道師だ。

だからといって下級魔道師とは比較にならないに違いないが、一級魔道師と、試験を通った上級魔道師とのあいだには、グラチウスとヴァレリウスのあいだ――とはいわないが、その半分には及ぶくらいの力の差がある。心許ないが、この顔ぶれでもいないよりはマシだった。ヴァレリウスはくちびるをかみ、そっとルーンの聖句をとなえ、このごろいつも大切なときにはそうするように、そっとおのれの胸元に下がっているゾルーガの指輪をにぎりしめると、（お守り下さい、ナリスさま！）と呟いた。そして、彼は、一気に夜をついて《飛んだ》。

3

ひゅん——と夜の風が、頬をかすめたようだった。

《閉じた空間》から実体化し、ヴァレリウスはあたりを見回した。かなり気が急いていたので、うしろを確かめずに《飛んだ》が、このところヴァレリウスはまた、ちょうど急激に魔力が上がりつつあるときでもあるので、思いのほかに遠く飛んでしまったようだ。あたりには、誰もまだ着いていなかった。

（しょうもない……）

心話を放とうか、と考えているところへ、ようやく、何か黒い巨大な輪がいくつも足をはやしているようなものが実体化してきた。それは腕をくみ、円陣を作った一級魔道師五人の姿になった。ヴァレリウスはひそかに舌打ちした。やはり、あまり頼りになる味方とはいえない。

だが、仕方なかった。

「続行！」

短く命じて、ふたたび《飛ぶ》。《閉じた空間》に入るとき特有の奇妙な感覚があり、それからそれがとけて実体化するときの奇妙な感覚がある――それはもう、魔道師にとっては親しいものだ。

（あの――古代機械というのは、そういえば、俺は一度も試してみたいと思ったことがなかった……あれに入って遠くに転移させられるときというのは……こういう感覚をもっと強めたようなものになるのかな……）

おのれが、きっすいの魔道師かたぎであるから、かもしれぬ。

ヴァレリウスは、古代機械に、むろん当然興味はよせていても、アルド・ナリスがそうしたようなかたちであこがれたり、神秘さに夢をみたりしたことが一度もない。

いまにして思えば、それは、彼が、あくまでも「自分の人間としての肉体的精神的な能力を、何も科学的な補助具を用いてではなく、あくまでも修業の力によって、極限まで進化させる」という、魔道の理念にこそ、この上もなく魅せられて、だからこそ魔道師になろうと志した少年だったからかもしれぬ、と思いあたる。――幼いころから、能力もひとにすぐれ、生まれも貴くけだかく、素晴しい知能と恵まれた環境の持ち主だったアルド・ナリスがさらにそれをいっそう増幅させてくれる超科学の機械にこよなく憧れていたのとまさに正反対に、何ひとつ持たぬ貧しい、親の顔もろくに知らぬ、何もない少年だったからこそ、ヴァレリウスは、おのれの「身ひとつ」で、おのれの力だけを鍛えてそれですべてを得ること、世界から圧殺されないだけの《力》を持つことを夢見てやまなかったのだ。

だが、いまになって、ヴァレリウスは、いまのところではパロのヤヌスの塔の地下に、グインの手によって永遠に封印されたかたちになっている古代機械に、奇妙な慕わしさと、そして興味を感じていた。

(あれは――いったいどのようなものだったのだろう。そして、あれを使うことによって、どのような新しい世界が開けることになったのだろう。――あのかたは、どんな――あれを使ってどんな文化が、どんな時代があらたに始まることを夢見ていられたのだろう……)

いまだに、思い出すとき、あまりに根強い深い喪失感と悲しみなしでは出来ぬ、そのひとが何よりも愛し、そして強い関心を終生よせていた《古代機械》。

(一度だけでもいいから、俺も――それで転移する感覚というのを、味わってみればよかったかな……)

そうすれば、それへの関心をもっと、かのひとと共有できたかもしれなかったものを――

そう考えながら、ヴァレリウスはまた実体化した。こんどは、実体化すると同時に、いきなり強烈な波動がぶつかってきて、あわてて結界を張る。

(うわ……)

かなりもう、魔道師どうしの戦いの核心の近くにきているのだ。

(すごいものだな……)

ヴァレリウスは、結界を張ることにはかなりの特殊能力をもっていると自負している。じっさいのかれの力の限界よりもかなり強く、結界を張ることが可能なのだ。魔道師にはそれぞれに、性質や能力にあわせて得手不得手というものがあるが、ヴァレリウスの場合には、結界を張ること、そして気配を絶つこと、というのがおのれの最大の得意技である。さらにいうなら、《閉じた空間》の術についても相当たけているとは思ってい るが、これは魔道師にとっては基本中の基本であるから、誰でも同じように思っていることだろう。――少なくとも同じ程度の力をもっている魔道師であるならばだ。

しかし、その強力な結界がなかったら、とうてい、そこに立っていることさえ不可能なくらいだった。

ヴァレリウスが《閉じた空間》から実体化したとたん、びゅうびゅうと、叩きつけるような烈風におそわれた。むろん、自然現象の風ではない。魔道どうしの強大なパワーのぶつかりあいがもたらす、すさまじいあおりの余波がなせるわざだ。

(これは、すごい……)

結界のおもてを、まるでものすごい大風が直接に吹き付け、叩きつけてでもいるかのように、すさまじく魔道のエネルギーの粒子を含んだ、魔道師のいうところの《魔風》がぶつかってくる。あわてて、結界を強化したが、あとから到着する一級魔道師たちが気になった。一瞬にして吹き飛ばされてしまうくらいならまだいいが、あまりに力のないものたちだったら、この魔風にふれただけではじきとばされ、そもそもこのあたりまでも近づくことが出来なくなってしまいそうだ。

（まさか、五人合同してもいるんだし、そこまではなさけないことはあるまいが……）

が、なかなかかれらは追いついてこない。さっき実体化したときよりも、かなり遅れているようだ。

それを待ちながら、ヴァレリウスは結界をしっかりと保ちながらあたりのようすを検分した。本当をいえば、こんなところへは、絶対に何があろうとやってきたくなかったな、とひそかに思う。

（ううっ……ぶつかってくる。針みたいに刺してくるな……すごい力が……）

空の色も変じてしまっている。暗い夜の空に、なんだかあやしい青白い発光体がひそんででもいるかのように、空全体がぶきみに光を放っている。そして、烈しい風に吹きあおられて、雲がびゅうびゅうと東から西へむかってちぎれちぎれに飛んでゆくが、その雲もまた、どうやらただの雲ではないようだ。それもまた、それぞれに魔の《気》を帯びていて、ぶつかって砕け散ってまき散らされた魔の粒子のかたまりのようにヴァレリウスには感じられた。

もう、このあたりまでくれば、逆に、おそるべきたたかいをくりひろげている二人の魔道師たちはすぐ近くにいるはずだ。

(イェライイシャ老師!)

ヴァレリウスは、無駄だろう、とは思いながら、そっと心話を放ってみた。あまり、強い心話を放つのも心配だった。イェライイシャはヴァレリウスにかまっているどころではない――のはまだいいとして、グラチウスのほうが力にゆとりがあり、ヴァレリウスの訪れに気付いて、こちらに何かしかけてこようものなら、自分ではいまのグラチウスにとうてい太刀打ちできそうもない。

(まあ、いざとなったら、とにかく逃げ足頼りってことだな……)

逃げ足は我ながら早いほうだと思うのだが、問題は、逃げ足を使う前に、ちゃんと安全圏まで出られるかどうかだ。

このあたりはもう、何から何まで、二人の大魔道師の影響力の圏内に入ってしまっているようだ。そのあたりは先日の山火事にもっとも被害の大きかったあたりであったとみえて、地面も灰色にやけただれ、黒くただの消し炭のようになりはてた木々が途中から折れたり倒れたり積み重なっていたりしているが、その地面につもっていたはずの焼け残りの灰などは、ほとんどなかった。たぶんこの魔の烈風に吹き上げられ、空中に飛散してしまったのだろう。

（イェライシャどの！）

また、そっと呼んでみる——いらえなどまったくかえってこないかわりに、ごうごうとすさまじい音を放って烈風がヴァレリウスの結界を強烈な拳のように叩きつけた。

（ひえっ……）

いってみれば、風に吹きとばされそうな戸を内側から手で必死におさえている、というのに相当する動作を精神的におこないながら、ヴァレリウスは思わず身をふるわせた。そのあたりはほとんどヴァレリウスからみると完全に《死の世界》と化してしまっていた。もともと、山火事で多くの鳥獣も燃え尽きてしまっていたのだろうが、さらにその上に荒れ狂っているこの二つの魔の竜巻のために、何もかもが——文字通り何もかもが破壊されてしまったかのようだ。

（まるで、この世の終わりみたいな光景だぞ、これは……）

空中には、無数の灰燼《かいじん》が舞っていて、夜は暗いというよりもうすら明るいくせに、視界はおそろしくきかなかった。その彼方にごぉぉぉ——とぶきみな音を出して風が吠えたけっているような感じがする。そちらが、あるいは、次々と戦場をうつして死闘をくりひろげている二大魔道師たちの現在の死闘の場所かもしれぬ。

（おい、どうした！　ラス、タール、モルガン、マウラス、キアス！）

なかなかついてこないのに業を煮やしてヴァレリウスは心話で怒鳴った。するとようやく、その灰燼をかきわけるようにして、ひとかたまりになった黒いものが実体化した。

(た――ただいま)

(遅くなりました)

(何をしてる！)

(け、結界が――)

一級魔道師たちは、必死に結界を張って、この死の臨界へと突入しようとしたものの、なかなか出来ずに悪戦苦闘していたらしい。結界がヤワなものしか張れないと、これだけの強風、しかも魔の粒子をはらんだもののなかに、おそるべき魔の空気のなかに突入してくるのは、なかなか大変なのだろう。

(頼りないな……)

ひそかにヴァレリウスは思ったが、しかし、どのみち、最初から、これだけの連中であっても、いざというときにうしろについていてくれれば、なにがしの後押しにはなるだろう、という程度の期待しか、持ってはいなかった。

(ヴァレリウスさま！　た、大変なことになっておりますね！)

ラスがふるえる心話を送り込んでくる。ヴァレリウスはぴしりと制した。

(よせ。無駄な心話をするな。どうしても伝達したいことがあるときには、必ずどこか

にふれて接触心話でやれ。無駄に念波をこの空間のなかに出すと、ひきこまれるぞ)

(は——はい)

ラスも、他のものも、かなりびびっているようだ。ヴァレリウスは眉をよせた。

(皆ここに集まれ)

集めておいて、互いに手をふれさせ、その端におのれも手をおいて告げる。

(いいか、ばらばらにならぬよう気をつけながら、このあたりでマリウスさまの気配を探せ。あまりいたずらにおのれの念波も、また気配を探す念波も出しすぎぬよう、絞り込んで調節しながら少しずつ確実に探すのだ。だがマリウスさまらしい《気》を見つけても、そのままそこに接近してはならん。そのまま必ず戻ってきて俺に報告しろ)

(かしこまりました!)

(このあたりはもう戦いの波動を受けている。なにごともなく見えたとしてもじっさいには非常に危険だ。一瞬も気を抜くな。結界をきちんと維持できないと、いのちにかかわるぞ)

(心得ました!)

いっせいに心話がかえってきて、そのままかれらは、二人と三人にわかれて、おっかなびっくりそのあたりを探索しはじめる。ヴァレリウスは、そこに立って胸に腕をくみ、手さきで印を組んだまま、なおもあたりを全身全霊で探っていた。さいわいなことに、いまのところは、二人の大魔道師たちはちょっと離れたところにいるらしい。

（イェライシャ老師！　私です。ヴァレリウスです！）

本当は、もう少しでいいからイェライシャと親しくなっておけば、イェライシャだけに通じる特殊な心話の念波を作ることもできたのだが――とヴァレリウスは残念に思った。だが、それをするためには、もっとイェライシャの信頼を得られていなくてはならないだろう。

逆に、グラチウスには、いろいろとあの《魔の胞子》を目印がわりにされたり、ろくでもないことをされたから、グラチウスのほうには、おのれの波動をすっかり記憶されてしまっている、という可能性が大きい。それを考えると、あまり《大声》で、イェライシャを呼び立てることはばかられる。かえってひどくまずい結果を生むかもしれない。

（戦いは――あのあたりか……）

彼方の山の端で、ぼっ、と何か青白い太い炎の円柱のようなものがたつのが見えた。それにつづいて、もっと細い火柱のようなものがたてつづけにぼっ、ぼっといくつも立つ。

突然、空を切り裂くようにして稲妻が走る。――それもだが、まことの稲妻ではないことはヴァレリウスにはよくわかっている。

(大変な天変地異に見えるだろうな——ケイロニアの連中には……)

ヴァレリウスは目をとじ、またじっと五感をひろげてあたりをさぐった。

本当は、結界をときはらって五感を《開》けば、もっとずっと遠くまで強力に探索をかけることが出来るのだが、それをすると、このあたりの空間にみちみちているぞっとするような《魔》の波動の影響をいちころで受けてしまう。結界をがんがん叩いてくるこの猛烈な突風のような波動を、素で受けたら、そのまま地のはてまではじきとばされて叩きつけられそうだ。

(ヴァレリウスさまっ!)

ラスとタールがあわてて飛び戻ってくる黒いこうもりのようなすがたが見えた。

(どうした、見つかったか)

やたらと心話をまき散らすなといっているのに——と思いながら、ヴァレリウスは絞り込んだ心話を送り込む。

(そ、そうではなく……この……この空間に……)

(なんだ)

(誰かがおります!)

(誰か、だと。マリウスさまではなくか)

(は、はい。違うようです。おそろしく消耗しております——でも、人にはまちがいありませんが――かなりの数です。それに馬もいます――軍隊か、と思われますが……)

(軍隊だと)

消耗している、ということばに、かすかに覚えがあった。

(あれか)

おのれが、まだこの死闘がはじまる直前とも知らずに、偵察に出たとき、ちょっと感じたあのかなり異質な――中原のものとなんとなく違う感じのする、ひどく消耗した、だがとても強い《気》。

おそらく、それだろう。――ここははるかなユラ山系、人跡まれなあたりだ。そんなに大勢の人間が集まっていようとは思われない。

(どこだ)

いってみよう、と思った。

(はい……それは……)

そういうラスたちもかなり消耗しているようすだったが、案内しよう、とまた宙に舞い上がろうとしたせつなだった。

(わああっ!)

ふいに、絶叫を残して、ラスのからだがいきなり、きりきりまいしながら大地に叩きつけられた。かと思うと、そのまま五体がみじんに叩きつぶされ、あたりに肉の破片を飛び散らせる。

（ヒッ！）

ラスとともにいたタールの片腕がもぎとられていた。腕の切り口から鮮血を噴水のように噴き出させながら身を二つに折るタールめがけて、すばやくヴァレリウスは《治療の光》を投げつけた。ふわりと白い光が宙をとび、タールの腕の切り口にぺたりとはりつくと、噴水のように吹き出していた血がぴたりととまる。

（あ――ああ――あああッ！）

（騒ぐな、もっと《気》を吸い寄せる！）

ラスは気が一瞬ぬけたはずみに結界からこぼれてしまったか、結界を結ぶ力を喪ったのだろう。この空間にあるのは相当に消耗するのは確かなことだが、それにしてももろい――と、ヴァレリウスは舌打ちした。

（ヴァ、ヴァレリウスさま！）

（しょうがないな。俺のうしろに来い！）

からだをこまかく痙攣させているタールをうしろにひきよせ、おのれの結界に入れてやる。結界の範囲がひろがるだけ結界そのものによせられる力が拡散して薄くなるから、本当はヴァレリウスは辛い。タールを収容したとたんに、事実、がんがんと頭を強烈な鉄の槌ででもぶっ叩かれているかのような衝撃があらためて襲ってきた。ラスたちは、結界でちゃんと防ぐことが出来ず、ずっとこの衝撃をまともに受け続けていたのだろう。

（だから云っただろう。注意しろ、一瞬も気を緩めるなと）

（は——はい……）

（どのあたりにあった、その消耗した異質な《気》の集団は）

（そ——その山かげの——ここからは、少し南東にあたる山かげにおそらくは洞窟があるのではないかと……）

（洞窟）

洞窟ならば、多少まだ、この戦いの波動をよけられるかもしれぬ。

ヴァレリウスは、飛ぼうとしてふりむいた。

（お前がいると重いな。待っていろ、残りの三人がきたら、そいつらと力を重ねて、それで結界を維持できないか）

（や——やってみますが、この……空間の中にいるとなんだかまるで……ずっと轟音で頭を殴られているようで……）

（わかっている。これは、だから、戦いの波動がぶつかってきているだけだ）

じっさいに攻撃されたわけでもなんでもないのに、これだけのエネルギーがぶつかってくるのだ。

あらためて、大変な連中だ——と思いながら、ヴァレリウスはくちびるをかんで残りのものたちが戻ってくるのを待った。心話をはなつのはやはりかなり危険そうだ、と思うので、呼ばない。

(イェライシャ老師!)

ひかえめに、そっとまたそれだけ送り出してみる。なんとか、イェライシャが気付いてくれればいいのだが、それがもし、うら目に出て、イェライシャが気を取られたすきにグラチウスに遅れをとるようなことになっては大変だ。

(うわ……)

またしても山の端に、ぼっ、ぼっとすさまじい火柱がたって、そのあたりの木々が飛び散るのが遠くから魔道師の視力に見えた。今度の火柱は強烈に真っ赤に燃えている。

(すごい戦いだ……)

雲は相変わらず暗い空をのたうつようにして、よじくれながらすさまじい勢いで流れている。雲どうしもまた、よじれあって、たがいをくらおうとでもしているかのようだ。ここまで強大な魔道師二人の戦いともなってしまうと、ほとんど何か術をかけあうというような小細工などはする余地もない。ひたすら、正面から、ありったけのおのれの強大なパワーをぶつけ、エネルギー流をむけて、相手に叩きつけるだけである。それが逆に、まわりの木々を砕き、岩を舞い上げて叩きつけるほどの破壊の力を生んでしまう。

(あの中には、飛び込めないぞ……)

どうしてもイェライイシャから答えがなかったら、どうしたらいいのだろうか――ヴァレリウスは迷った。とうてい、おのれが、この戦いのまっただ中に割って入る、ということは不可能だ。

(だけど……このままじゃあ……)

どんどん、戦いは、こうして見ていても、北東から南西へとじりじり移動しつつあるようだ。そうやって移動してゆけば、さいごにはケイロニア軍がおそれおののきながらかたまっている、名もわからぬあの山地に届く。身をまもる結界の張りかたひとつ知らぬケイロニアの軍勢にとっては、ラスを襲った運命よりもさらにあっけなく圧倒的な力――それこそ目にみえぬ津波にでも飲まれるかのように、何がなんだかわからぬうちに宙に舞い上げられ、地面に叩きつけられて果ててしまう可能性が高い。

(困ったな……だが、とにかく、イェライイシャに話しかけてなんとかする以外、もう俺には……)

(ヴァレリウスさま!)

(戻りました。マリウスさまらしき気配はございません!)

たてつづいて、三人の魔道師が黒い巨大なガーガーそのままに暗い空から舞い降りてきた。こちらは、ラスたちよりも一人多かったのでおそらく結界をはる力がやや多いので、無事なのだろう。あるいは、一級魔道師のなかでも、こちらのほうがやや力が上か

だ。

(ラスがやられたぞ)

ヴァレリウスが接触心話で告げると、かれらは一瞬びくっとした。

(一瞬も気を抜くな。結界を崩すとお前たちの魔力だといのちとりになる。——よく探したのか)

(はい、このあたりの山系は一応全域にわたって——しかし、マリウスさまらしき《気》はございませんでした)

(わかった。もういい、では——そうだな)

いよいよ、何があろうと、そうせねばならぬか、とヴァレリウスはほぞを決めた。

(よし、ではタール、モルガン、マウラス、キアス! 俺の周りに集まってきて、俺の肩や手をつかんで俺にお前たちの《気》を送り込め。俺の気を補強するんだ。俺はこれからイェライシャ老師に念波を送る——それを、補強しろ。もし万一、それがグラチウスに感じとられて、グラチウスからの攻撃があったら、ともかくも、ひたすらすべての力を集めて結界を守れ! いいな)

(かしこまりました!)

健気に一級魔道師たちは答える。ヴァレリウスは、一級魔道師たちをまわりにあつまらせ、その手をからだにかけさせて、こみ入ったルーンの聖句をとなえはじめた。

(一緒に唱えろ。 いいな)

(はい!)

複雑なルーンの聖句がかなりの早さでつむぎ出されてゆく。誰かがうかうかとひとつ唱え間違えば結界が崩れかねない。みな必死の形相になっている。

(よし)

からだのなかに、少しづつ、おのれだけのものではないパワーが漲ってくるのが感じられた。決して、いま吹き荒れているこのすさまじい魔風に対抗すべくもないだろうが、それでも、四人の力をあわせただけのものはある。

(よし、では送るぞ——イェライイシャ老師! イェライイシャ老師、おこたえあれ、イェライシャ老師!)

ヴァレリウスは、その四人のエネルギーをおのれのなかに一点に集中した。エネルギーの波に焦点を結ばせてやり、そこにおのれもおのれ自身のエネルギーを足して、精神を集中した。はたから見ていたら、ヴァレリウスの全身がほの白く発光しはじめる、ように見えたに違いない。

(イ、イ、イ、イェライイシャ老師!)

ヴァレリウスはすべての力をあつめて、これまでとは比較にならぬほどの強さで心話を宙へむかって放った。

4

（イェライシャ老師——！）

（私です。ヴァレリウスです！）

（戦うのをやめられよ！　いったいこの戦いはなにごと！　老師にあるまじきこの死闘の謂《いい》は！）

（戦いをやめられよ！　周囲に被害甚大なり！——人間どもがこの死闘の影響をこうむり、うろたえ騒いでおります。戦いを即刻やめられよ！）

あるいは、この心話をききつけてグラチウスの怒りをかうかもしれぬ。

いまの、その能力を全解放したグラチウスにとっては、まさにヴァレリウスと必死に集結した一級魔道師どもなど、ただの風前の灯ほどのものにしかすぎまい。だが、ヴァレリウスも決死であった。

（イェライシャ老師！　上級魔道師ヴァレリウスにてございます！　お返事あれ、お答えあれ！）

何も、イェライシャのいらえらしきものは戻ってこぬ。

そのかわりに、ごぉぉぉぉ――と、いっそうすさまじい音をたてて、烈風が吹き荒れた。

それに結界ごとめちゃめちゃに吹きつけられて、思わず一級魔道師の一人が悲鳴をあげてたたらをふみそうになって、隣のものにあわててひきとめられる。かれらの立ち位置そのものが魔法陣になっている――それを下手にくつがえしたら、結界そのものが弱まってしまうのだ。

(もっと、力を結集しろ!)

ヴァレリウスは部下たちに檄を飛ばした。

(お前たちの力はたったそれだけか! 魔道の力は、ひとたび無理矢理にでも絞り出せば絞り出すほど強まるものだぞ! 力を集めろ、気をそらしてはならぬ! いのちにかかわるぞ! お前ひとりのみならず、仲間のいのちにもかかわるぞ!)

(かしこまりました!)

必死のいらえがいっせいにかえってくる。なおも、ヴァレリウスは心話に精神を集中した。

(お答え下され! イェライシャ老師、上級魔道師ヴァレリウスここにあり!)

ごぉぉぉぉ――

吹き付けてくる風の烈しさは、もはや、通常のこの世の風や嵐の烈しさの域をこえていた。

焼けこげた木々が舞い上げられてはまた、大地に叩きつけられる。もしもこの中に、生きた人間や馬、また鳥獣がいたとしたら、間違いなく、それらはこの強烈な人為的な魔道の竜巻に舞い上げられては幾度となく地面に叩きつけられて、それらしいすがたかたちをさえとどめぬまでに木っ端微塵に粉砕され、あとかたもないほどに潰されてしまったことだろう。ヴァレリウスはそれを想像して、ちょっとぞっとした。もしも万一、この超常の嵐の真っ只中にマリウスがいたとしたら——それは考えるだに恐しい。むろん魔道師ならぬマリウスには、このような魔道の嵐から身を守るすべなどひとつもなかろうし、もしも魔道の心得があったとしても、この一級魔道師たち程度でさえ、単身このなかにそう長時間持ちこたえることはできぬだろう。

そうやって数人で力をよせあって結界をはっていてさえ、かれらのおもてにはしだいにもう、疲労の色が濃くなってきていた。疲労——というよりも、ずっと結界を力まかせに叩きつけてくる嵐に対して、結界を内側から支え続けているために、しだいに魔道の力が尽きてきているのだ。長くはもたぬだろう——それほどにこの嵐のパワーはとてつもない。

（早く、すませなくてはならぬ）

ヴァレリウスは判断した。ヴァレリウスひとりなら、おのれの身を守るためだけなら、おのれの力の限り結界を張ってまだかなりもつ。だが、ヴァレリウスにせよ、この残る四人の一級魔道師全員を守ってやりつつ、しかもこの圧倒的な《気》の嵐のなかにむけて心話をありったけの力で放ちつづけるのは相当にパワーを必要とした。

（イェライシャ導師！）

（退《の》け！）

ふいに——

するどく、まるで錐でももみこむかのような心話が、ヴァレリウスの脳に突き刺さってきて、あわやヴァレリウスは結界を消滅させてしまうところだった。

（ろ——老師！）

（危険だ。ここから離れろ！　おぬしにかまっているゆとりはない！）

（戦いをお止め下さい、老師！　ケイロニア軍のものたちが危険です！　ほかにもこの魔道の戦いの圏内に、残された人間たちが！）

（そんなことは、わかっておる！）

日頃温厚に接してくれていたイェライシャと同一人物とは思えぬほど、けわしく、切迫した心話だった。

（わしが続けたくて、やっていることではない！　いま、《気》を散らされるのはわしにとっては命とりだ！　いま、わしが破れればそれどころではなくなるのがわからんか、ヴァレリウス！）

（わかっております。しかし、ケイロニア軍が）

（そんなことはグラチウスに云え）

イェライイシャの心話はおそろしく殺気立っている。漠然とヴァレリウスの脳裏に、白熱する球の内側に浮かんで、まがりくねったまじない杖を手に、必死の形相で聖句を唱え続けているイェライイシャの姿が浮かび上がった。

（わしはただ、きゃつをこの先に通すまいとしているだけだ！　わしが破れたときこそ、ケイロニア軍も、もう一方も、命がないと思え。グラチウスはこうなったら、もう止まらぬ！）

（お手助けできることは）

（ない！——いや、待て）

イェライイシャの念話が、ちょっと変わった。

（ヴァレリウスか。——ふむ、いないよりはマシ程度とはいえ、助けになるかもしれぬ。——よし、おぬし、わしの結界まで飛べるか。恐しい危険をともなうが、一瞬だけ、結界をあけてやる。一気に飛び込め——そしてわしと念をあわせてみろ。役にたってくれるかもしれぬ）

（わ、わかりました！）

一瞬、どきんと心臓が宙返りするのを感じながら、ヴァレリウスは心話で叫んだ。

（俺が――俺が、イェライシャ老師とともに、グ――グラチウスと戦う？　そ、そんなことが出来るのか、このたかが上級魔道師の俺に？）

（いや、だが――しなくてはならぬ、しなくては……）

（イェライシャ老師！　この私の部下どもは……同行してよろしくありましょうか？）

（駄目だ）

心話は容赦なかった。

（そんな木っ端どもなどいたところで何の役にもたたぬ。結界の力を必要とするばかりだ。気の毒だが置いてゆけ。いいか、一回だけ《呼ぶ》ぞ。それ目当てに、お前一人、結界を一瞬だけ同期させて飛び込め！）

（か、かしこまりました。十秒《タル》、お待ちを）

ヴァレリウスは、タールたちをふりかえった。

「イェライシャ老師と連絡がついた。お前たちのおかげだ。俺はただちにイェライシャ老師の結界に入る。お呼びがかかった――だが、お前たちは入れない。俺が抜けたらそのまま結界を維持しつつ、とにかくここから撤退せよ。この嵐のなかでは《飛ぶ》ことは無理かもしれぬ。最初は力をあわせて少しでもこの魔道圏内から遠ざかり、この魔嵐の影響力から脱したらすぐに力をあわせて飛びつつ、ケイロニア軍陣地へ戻れ。そしてこのなりゆきをキノスに報告がてら、お前たちも他のものたちと同じくケイロニア軍警護の任務につけ!」

「か、か――かしこまりました!」

「力及ばぬながらも、やってみます!」

「ヴァレリウスさまも、ご無事で!」

イェライイシャのすさまじい心話は、すでに魔道師たちにもきこえている。イェライイシャはヴァレリウスだけに送り込むような手間はかけなかったのだ。いわば、《大音声》でなされた心話ゆえに、一級魔道師たちも、ヴァレリウスがどうなるのかを知っていた。

(ヴ、ヴ、ヴァレリウス!)

(老師のお呼びだ。――では、あとを頼むぞ!)

ヴァレリウスはもう何も考えなかった。

一気に、ルーンの印を結び、たてつづけにルーン文字の呪語を指先で空中に描き、そしてまじない紐を握り締めて組み合わせた聖句をとなえる。そしておのれを無にし、イェライイシャから送り込まれた心話の波動におのれを同調させ――

そして、ヴァレリウスは飛んだ。

結界から身をあらわにした瞬間に、まるでうしろにそのままはてしもなく吹き飛ばされてゆくようなすさまじい風に直面し、あおりたてられて、歯を食いしばった。だが、そのままありったけの力で《抜け》ようと聖句を大声に叫び続ける。からだが、ぐいと、魔風に逆らって浮かび上がり、そしていきなりすさまじい勢いで引きずりよせられるような感じがあった。

(早くしろ！　結界を開く！　入ると同時に結界を内側から強化しろ！)

(は――はい！　老師！)

もう、うしろで、部下の魔道師たちがどうなっているかを見届けるいとまもなかった。ヴァレリウスが結界を抜けた刹那に、うしろで何か爆発する気配のようなものがあった気もしたが、それもふりかえっていることさえ出来ぬ。そのまま、ヴァレリウスはあの脳裏にうかんだ白熱した球のイメージを強化し、それにむかって飛んだ。

球が目の前にぽかりと浮かんでいた。思っていたよりはるかに大きい。そのなかに、一瞬、白い細い筋のようなものが浮かんだ、と思った刹那、ヴァレリウスはそれめがけて急降下していた。

(同期しろ！)

からだに、ほとんど物理的な――からだ全体がばらばらになってしまいそうな強烈な衝撃があった。ヴァレリウスは次の一瞬、目もくらむような白い光に包まれていた。

とたんに、もう、風の音も、外のすさまじい景色もとだえた。ヴァレリウスは咄嗟におのれの気をさしだして、おのれが入り込んだあわせめを《閉ざし》た。

「力を抜け、ヴァレリウス」

ふいに、意外に落ち着いた、聞き慣れた声がきこえてきて、はっとあたりを見回す。

そこは、真っ白く発光しているかのような、ふしぎな空間のまっただなかだった。

その中央に、白衣の老人が宙に浮かんでいる床几に腰をおろし、まじない杖をつかんでいた。白い空間の周囲をまるで護衛するかのように、青白い光の線がひっきりなしに、縦横無尽に走り回っている。

「イェライシャ老師！」

「とりあえず結界は大丈夫だ。――ちょっと落ち着きしだい、わしと気をあわせてくれ。――結界のほうは心配ないが、グラチウスのやつを見失いそうだ」

「は、はい」

「案ずるな」

イェライシャはにやりと笑った。

「わしが優勢だ。――意外に思うかもしれぬが、このところなんらかの理由でどうもグラチウスのやつが、力を多少弱めていたようで助かった。むろん簡単にあしらえるようなやつではないが、しかし本来の、絶好調のやつの力よりは――そうだな、七割がたというところだ。おそらく、きゃつ、ごく最近に何か非常に大きな魔術を使ったとみえる」

「は、はあ……」

「魂返しの術か、雨よせの術か、そのくらいの、かなり消耗する術をな。――それで、たぶん七割なのだ。そのおかげで、わしは助かった。まあ、おぬしが力を貸してくれれば、それで万が一にもこちらが吹っ飛ぶことはなくなっただろうよ。――何をいうにも、グラチウスのやつ、本来はわしよりかなり力があるのでな。しかも、闇の力がな」

「は、はい」

「その意味では、まあ、何しにきたと怒鳴りつけてしまいはしたが、おぬしがきてくれて助かったのかもしれぬ。――が、二度と、こういうときに魔道圏内に近づくな。やっとのことで多少情勢がこちら有利に落ち着きかけたところだったからいらえもできたが、そうでなくば、ほんのちょっと気をそらしたことが、わしのいのちとりになるやもしれぬわ」

「そ、それは重々承知いたしておりましたが――申し訳もございません」

ヴァレリウスは頭を下げた。

「ただ、この嵐のすさまじさで、ケイロニア軍があやうく――それに、このまさに死闘の圏内にも……」

「わかっている。というより、そもそもそれがこの戦いの原因だよ。ヴァレリウス」

「え」

ヴァレリウスは意表をつかれて、あたりを見回した。

このなかにいれば、まさかそのような激烈な戦いが、いまもまさにこの外側で繰り広げられているなどとは想像もつかなくなってしまうくらい、しんとしずまりかえって音ひとつしないあやしい空間である。あらためて、強大な魔力というものの底知れなさに感じ入りながら、ヴァレリウスは外で吹き荒れているであろう魔の嵐のことを思った。

（大丈夫か——部下どもは、無事離脱できたか）

「残念ながら、かれらはおぬしが結界を離脱したその瞬間に爆発したよ」

まるでその問いが口に出されたのとまったく同様に、イェライシャが答えた。

「かれらの力では——四人あわせて結界を張ったところでこの嵐の中心地では一瞬として持ちこたえることがかなわなかったと見える。——気の毒をしたが、魔道師というものはすべて、力だけがすべてでな。このわしとしても例外ではないからしかたないわ。——ウム、またくるぞ。グラチウスのやつめ、もうあきらめてようやくノスフェラスの彼方に退却してくれたかと思ったが、ただちょっと退いて力をたくわえていただけらしい。よほど、未練があるのだな」

「未練——」

「来るぞ、ヴァレリウス。わしに力を貸せ」

「は、はい。老師」

「わしのかたわらに立ち、わしのまじない杖に手をのせろ。——わしのいうとおりに唱えるのだ。いいな」

「は、はい」

緊張しながら、ヴァレリウスは云われたとおりにした。

ふいに、白熱し、その内側に青白い光の束がかけまわっている結界の球の外側に、どかんとまるで津波のような衝撃が伝わってくるのがわかった。ヴァレリウスは必死になって、イェライシャの唱えるとおりの聖句を繰り返した——それは、上級魔道師試験でさえなかなか出なかったような、とてつもなく長く困難な魔道のときだけに使うようなものであった。ヴァレリウスはさきほどおのれについてこようとして必死になっていた気の毒な一級魔道師たちのように、必死になりながら、イェライシャの唱える聖句を繰り返した。

(う——ワッ……)

そのあいだにも、しかし、どしん、どしん、とまるで想像を絶する巨人の手がこの結界を殴りつけてでもいるかのような衝撃があいついで襲ってくる。

「わ、私はお役に立っているんでしょうか」

ヴァレリウスは叫んだ。イェライシャがおかしそうにヴァレリウスを見た。

「大丈夫だよ、ヴァレリウス。というか、わからんのか? 結界が、揺れ動いているだろうが。ということは、結界は、きゃつの攻撃を受け止めている、というだけのことだよ。受け止めきれなければ、さきほどの一級魔道師どものようにただ爆発してしまう。さて、だが、こうしてやられているだけではおらんぞ。ヴァレリウス、手をかせ。こちらからもひとつ送り出してやろう。この手の先に念をこめろ。《攻撃》の意志をこめるのだ。いや、《抹殺》の意志ではなく、ただの《攻撃》の意志でいい。いま、グラチウスをそこまで追い込むのはかえってまずいでな」

「は……」

ヴァレリウスは目をとじ、イェライシャと同時に持っている杖の先にすべての《攻撃》の意志を集中した。杖を伝わって、白い蛇のような太い光線が結界の外に出ていったのは感じられたが、それがどのように結界の外でグラチウスの結界にぶちあたっているのかは、ヴァレリウスの魔力ではわからなかった。

「ほう」

面白そうにイェライシャが云う。

「なかなかだな。お前の力はなかなか役にたったようだぞ。グラチウスの結界がひるんでいる」

「そ、そうですか」

「見えんか？　見せてやるか」

ふいに、白い白熱したもやが晴れると、目のまえが、暗い夜になった。

ごうごうと風の吹き荒れるユラ山系の荒涼たる廃墟がまた目のまえにあらわれた。その向こうに、さっきヴァレリウスが飛び込んだのと同様の、しかし色はかなり暗っぽい青白く光る光球があった。それにむけて、一筋の太い白い光が光の箭となってよじれるように飛んでゆくのがみえ、それが、その青白い光球にまともに激突した。ぱっと、すさまじい光の《火の粉》のようなものがたち、火柱が一瞬夜空を切り裂く。

とたんに青白い光球がうしろにかるくはねとぶのが見えた。思わずヴァレリウスは声を放った。

「おお！」

「きゃつはひるんだぞ。よし、続けてゆくぞ、ヴァレリウス」

イェライシャにうながされて、また、二度、三度と、まじない杖に念波を送り込む。それがほとばしるたびに、青白い光球が揺れ、そして三度目にぶつかられたとき、ふいに、その光球が、ぐいと縮小した。

「おお、逃げるぞ！」

ふたたび、イェライシャが念の攻撃を送り込んだ。ふいに光球が空高く舞い上がった。

「さきほどよりだいぶ早く退いた」

イェライシャが満足そうにいう。

「これはこれは、おぬし、なかなかのものだな」

「え」

ヴァレリウスは驚いて云った。

「い、いまのが、私の力と何かかかわりがありますので——？」

「わしは同じ力でしか攻撃しとらぬ。いまの、グラチウスの結界が退いたのは、みな、お前さんのあわせてくれた《攻撃》の念のおかげだよ。なかなか、強烈だ。お前さん、おのれでは、自分は防衛の人、防御型の魔道師だと思っているが、実際に強いのはむしろ攻撃の念のほうだね。——そっちを鍛えれば、いい魔道師になれそうだが。まあ、どっちにしても、ギルドで制約をこうむっていては、せっかくの才能も伸ばせそうもなくて惜しいものだが」

「そ、それは……その」

ヴァレリウスはちょっと動転しながら云った。

「そ、そんなつもりではなかったのですが——おおっ、どうしたんだろう。光球が北方へ飛んでゆく」

「グラチウスが退却したのだ」

落ち着いて、イェライシャが云った。

「お前さんのおかげだよ。礼を言うよ。――というより、呼び寄せて本当によかった。グラチウスの力が七割がたに下がっていたところで、わしの力とほぼ伯仲しておってな。このままでは、本当に冗談ぬきで、両方とも爆発するまで、すべての力を出して戦い続けなくてはならぬのかと思っていたところだったよ。お前の力が加わったので、こちらは三割がた力が増した」

「いや、私など、そのような力は……」

「あるよ」

あっさりと、イェライシャは云った。

「というか、お前さん、おのれで信じているよりずっと潜在力のある魔道師なんだよ。もともと向いてもいるんだろうがねえ。それに、ギルドにあまり――こういうと何じゃが、あまりギルドに忠実でばかりいたわけではなさそうだな。ずいぶんと、ギルドのおきてにはそむいているだろう。そのおかげで、逆に、忠実なギルド魔道師には決して不可能なような力をひそかにたくわえることもできたのさ。そのことに感謝したがいい」

「そ、そうでしょうか」

「そうだよ。このあいだ、大導師アグリッパのところにいったときも思ったが、お前さんはあと百年修業をつめば、かなりいい魔道師になれるよ。ただしギルドにそのまま忠誠を誓っていてはとうてい無理だろうが」

「……」

ヴァレリウスは心配そうに虚空の彼方を見つめた。

青白い光球はすでにどこにも見えなくなっている。だが、まだ、明らかにすごい風が吹き荒れていることは、あたり一面に舞い上がっている灰埃だの、いまにも吹きちぎれそうになびいている梢だのでも一目瞭然だ。しかし、どこかに、さきほどよりはよほど魔の《気》がおさまってきた気配が感じられた。

「まだ、来るかな。——まあ、いい、そうしたらまた何度でも叩き返してやるまでだ」

イェライイシャはそっと印を結んでから、まじない杖から手をはなした。

「よしよし、だいぶん消耗したな。お前の巣にいって休むがいい」

イェライイシャのまじない杖には、頭のところに小さな羽根が刻みつけてある。まるで、むやみと足の長い鳥ででもあるかのように、まじない杖は、イェライイシャが手をはなすとそのまますいと飛んで舞い上がり、そのまままさきほど白熱した空間があったさかいめのあたりで、ふっと姿を消してしまった。ヴァレリウスは目をこらして見送る。

「グラチウスはいまのところ、ロカンドラスが入寂したあとのノスフェラスをおのれの領域として我が物顔にふるまっているらしい」

イェライイシャが云った。

「まあ、ノスフェラスまで追いかけていって叩きつぶすとなるとわしもこれだけの用意ではすまぬし、それ以外にも先にやらねばならぬこともあるでな。これだけでよいことにしよう、それにとりあえず、わしのほうは目的をはたした。——ヴァレリウス、とりあえず、礼をいっておこう。おぬしがきてくれたおかげで、思ったよりずっと早くグラチウスを撤退させることができたよ。いずれにせよいまのきゃつの状態では、時間さえかければきゃつが撤退することになるだろうということは、わかっていたがな」

「すさまじい戦いでしたが……」

ヴァレリウスはほっと吐息をつきながら、

「本当に終結したのですか。私がそれにあずかって力があったのですか。なんだか信じられない心持ですが」

「だがそのとおりなのさ。見るがいい、嵐がおさまってゆく」

イェライイシャが夜の空にむかって手をふった。イェライイシャのいうとおりであった。

第四話　再　会

1

「おお――」

低く、ヴァレリウスは、感嘆の声をもらさずにいられなかった。

「雲が晴れてゆく。――世界が、もとのようすに戻ってゆく……」

「何も、驚くにはあたらぬさ」

そっけなくイェライシャが云った。

「どのみちこれは魔道の戦いにすぎなかったからな。いっときは、これが、このイェライシャ一期の終わりかとさえ覚悟もしたが――その山場をすぎると、グラチウスが実際には消耗しておっていつもの七割がたの力しか持ち合わせておらぬこともわかった。――だが、いったい何の術を施してそれほどに消耗したものか。いや、わしにはおおむねわかっておるがね。あんなにあれだけの力のあるやつが消耗する術というのはかなり大がかりなものだ——いまいったとおり、魂返しの術だの、それも大人数をだな。それとも、降雨降雪の術、それとも——」

「このところ、やはり〈闇の司祭〉はおおいに暗躍していた、ということなのですね」

ヴァレリウスはうろんそうにあたりを見回しながら云った。もう、一瞬にして、あの凄惨な魔道の嵐は嘘のように消滅していた。あのすさまじい魔の風もはたりと吹き止んで、また静かな夜がユラ山系に訪れている。

もっとも、大地の荒廃はそのままであった。だが、しとしとと降り続いていた雨はふっと止んでいた。

「きゃつは、いつでもなにやらかにやら暗躍しておるさ。それが、最大の任務と心得ておるのだからな」

腹立たしげにイェライシャが云う。

「きゃつのおかげで、中原の国々の歴史も知らぬうちにずいぶんとひっかきまわされて運命をかえられたものだ。ユラニアしかり、パロしかり。ケイロニアだけは、そうそううまくもやれなかったようだが、それもすべてグインのおかげでな」

「いったい、〈闇の司祭〉の目的は、本当の目的は何なのです」

ヴァレリウスは聞かずにいられなかった。

「中原の征服、などというのはたやすくとも、そのような現世的なことに、いかに《暗黒魔道師連合》の支配者といえど、興味をもつものなのでしょうか？　どうもそれが合点がゆきません。――ずっと、この陣中にあって私はグラチウスの本当の目的について考えていたのですが――」

「本当の目的、などというものがあるとは思えぬ」

イェライシャは肩をすくめた。

「きゃつは結局のところ、中原を制圧し、そこに黒魔道の王国をたてる、というようなことを夢見ているようにおのれでは信じ込んでいるだろうが、じっさいには魔道師には、現実の世界の支配など出来ぬ相談だし、してみたところで逆にこちらが国民どものためにこき使われているにすぎぬようなものだ。魔道師なら、誰しもそんなことに本当の関心はない。本当に魔道師どもが夢見るのは、あえていうならひたすらおのれの力を高め、能力を強め、この世で最強最大の魔道師となること――それだけだよ。そうに決まっている」

「そうすることに、何か、意味があるのでしょうか？」

思わずヴァレリウスは叫ぶようにいった。

「それによって、何かを得ようというのならまだわかりますが――いったい、ただそのように力をもち、何でも知り、そしてやみくもに強大になって、それに何の意味があるのでしょうか？――どうもわかりません。その意味では私が黒魔道師でないからわからぬのでしょうか——？」

「おぬしが黒魔道師でないからではないさ、ヴァレリウス。おぬしはまだ、ごくごくうら若い魔道師だからだよ。アグリッパにそう呼ばれたとおりにな」

優しくイェライシャは云った。

「おぬしもおそらく、わしのように一千年、グラチウスのように八百年も生きてみればわかる。魔道師にとっては、最終的な目的というのはつねに、おのれの力をあげること、それしかない。——そこには、白魔道も黒魔道もない。魔道師というのは、ただ、この世でもっとも力のある存在になりたいと——それも科学知識によってではなく、おのれ自身の力で、全知全能、万能の存在になりたい、という恐しい野望を抱くにいたってしまった人間のことなのだよ。それによって魔道師はすでに人間、とは呼べなくなってしまったのだ」

「私には……まだわかりません」

ヴァレリウスはうめくようにいった。

「まだ——というより、自分がそのようなことを考えることがあるのかどうかもわかりません。それが、偉大な魔道師になることだとしたら、やはり私には、魔道師としてあまりにもまだ経験が足りないのでしょう。——それとも、私がギルドの魔道師だからか」

「その両方だろうな、ヴァレリウス。だが、見るがいい。月が出たぞ」

イェライシャのいうとおりだった。

魔道の嵐のためにあやしい魔の雲におおいつくされていたユラ山の山頂に、ぽかりと、青白いイリスが浮かび上がっていた。その表面にはぶきみな髑髏模様が浮かび上がっているように見えた。どこか、まだ、世界は、魔道の嵐はやんだとはいえ、不吉で、不気味な、ただごとならぬ様相をひそめているように思われる。

「ずいぶんとこたびの山火事ではこの山系もひどくやられたものだ。——十ばかりの連山のうちの、三つか四つが丸焼けになってしまったのではないかな」

イェライシャはいたましそうに見下ろしながらいった。かれらのいる、イェライシャの結界は、まるで第二の月ででもあるかのように、空中高く浮かんでいたのである。

「まあ、長い目で見れば、そうして丸焼けになるのも、灰で地味が肥える手助けにはなりはしようから、またいずれこの地にも青々とした草木が栄えるだろうが——そのためにわざわざ、山を焼き、地味を肥やすキタイの農民どもがいるほどだからな。しかし、これからしばらくは、ユラ山脈の北半分は、『死の山』とも呼ばれているに違いない。グラチウスも、ずいぶんなことをするものだ。これはまさしく、木々とすべての植物の神アエリスに対する冒瀆と挑戦というものだな」

「え」

ヴァレリウスは一瞬ぎくりとして云った。

「なんとおっしゃいましたか。――グラチウスも、ずいぶんなことをするものだ――？で、では、この山火事は、まさか……」

「グラチウスの仕業だよ」

イェライシャは腹立たしげにいった。

「もうほんのちょっと手前で同じことをされていたら、わしのげんざいの棲家たるルードの森も、同じ運命にあわされているところだったよ。――ルードの森には、ユラ山系とは比較にならぬほどたくさんのさまざまな生物がすまっている。グイン一行が早くにルードの森を抜け出してくれて、まことに助かった、というべきだろうな」

「何ですと」

ヴァレリウスは衝撃を受けて、

「グイン――一行？　その、一行というのは……」

「おぬしは、あんな近くにいたのに、偵察を出していなかったのか？」

いくぶん呆れたようにイェライシャは云った。

「まあ、おぬしの連れていたあのさいぜんの一級魔道師たちが、一瞬にして魔風に粉砕されて消滅してしまったのをみれば、グラチウスの勢力が届いているあたりへ、おぬしの部下たちをさしむけたところでどうなるものでもない、ということは明らかだが――

それにしても、ギルド魔道師などというのは不自由なものだな。というか、ギルドでいかに鍛えたつもりになっていても実戦に出れば何の役にもたたぬ、ということの証明のようなものだな、じっさい。――自立心というものを失っている、というのは、そんなにも魔道師を無力にするものかね」

「……」

ヴァレリウスは云いたいこともあったが、じっとこらえた。それよりも、あまりにもたくさん、ききたいことが山積していたのだ。

「その、一行というのは、グイン陛下と、それに……」

「黒太子スカール」

あっさりと、イェライシャは答えた。ヴァレリウスは思わず声をあげた。

「黒太子――スカール？　スカールどのが、この――このあたりに？」

「……」

「そ、そして、グイン王と――ええッ？　で、では、グイン一行というのは、グインどのと――スカール太子？　ふ、二人は――出会ったのですか？」

「さよう」

イェライシャの声は奇妙に謎めいていた。

「二人は、出会ったのだ」

「おお」

ヴァレリウスは息をのんだ。

「どうしたのだろう。――いま、老師が、厳かなお声で『二人は出会ったのだ』といわれたとき――まるで、自分の墓の上を何者かに歩かれているような気がいたしました。――いや、そういっては正確ではありません。なんだか……そうですね、なんだか、はるか遠くでヤーンの運命のおさがかたりと落ちる音をきいてしまった、とでもいうかのような……」

「それが感じられるとすればおぬしもますますまんざら捨てたものでもないというものだよ」

面白くもなさそうに口もとをゆるめて、イェライシャが云った。

「北の豹と南の鷹。――大導師アグリッパもいっていたはずだ。その二人が出会うときこそ、何かがはじまる、あるいは何かが終わるときとなろう、とな。だが、皮肉にも――というか、それこそがヤーンのなされた運命の不思議であった、というべきかもしれぬが、二人が出会ったとき、偶然にも、グインはすべての記憶を喪っていた」

「それでは本当なのですか。グラチウスのいった、豹頭王が一切の記憶を喪っている、という話は」

「むろん。だが、すべての、というわけでもないようだ。ところどころ、ふいに記憶の海の底から浮かびあがるように思い出すこともある。だが、いつ、どこでどのようにして記憶が戻っているのかはよくわからぬし、何よりも、ケイロニアについての記憶も、またおのれの素性やこれまでどこでどのようなことをしてきたのか、という記憶もすっかり喪ってしまっているのは確かだ」

「そう――ですか……」

ヴァレリウスは肩を落とした。

「でも、それで――それで、老師は何といわれましたか？　二人が出会うときこそ、何かが――」

「はじまるはずだったのかもしれぬ。だが、こうして、記憶を喪ったままの豹頭王と、黒太子スカールとが相会ってしまったとき、すでにその、劇的な邂逅の効力は喪われてしまったのか、それともそうではなく、グインがおのれの記憶を取り戻したそのときこそ、本当の邂逅の瞬間となるのか――それもまた、見当がつかぬ。グラチウスが、やきもきするのも当然といえば当然だろうな」

「……」

「だが、こうしてはいられぬ。行こう。移動しながら説明してやる。わしがどうしてグラチウスと激突することになったのかをな」

「は、はい」

イェライイシャは何をしたようにも見えなかったが、ヴァレリウスは、おのれとイェライイシャとが入っている、ほのかに輪郭が光っているのでようやくそうと知れる目にみえぬ巨大な球か、泡のようなものが、すいと宙に浮かび上がって進み出すのを感じた。それはいったん浮き上がり、しばらく進んでから、おもむろに荒れ果てた地上にむかってゆっくりと舞い降りはじめた。

「それはごく簡単なことだ。わしは、グラチウスが、グインに記憶を取り戻させようとするのを、邪魔したのだよ」

「え」

ヴァレリウスは意表をつかれた。

「邪魔した――とは？」

「グインが、記憶を取り戻さぬように、だな。グラチウスのいる前で、スカールとともにあるとき、グインが、そこで記憶を取り戻すことがないように、とだな。まさに、グラチウスはそれをさせようとして、必死になっていた。だから、なかなか思い通りにゆかぬのをみて、ついに焦ってまたしてもマリウスを拉致する、という卑劣な手段に出ようとした」

「やはり」

ヴァレリウスは声をあげた。

「ではやはりマリウスさまをさらったのは――」

「グラチウスだよ。もっとも彼の名誉のためにいっておくなら、彼はべつだんマリウスを力づくで拉致する必要はまったくなかった。マリウスのところにあらわれ、グインが会いたがっているから早くきてくれ、というだけでことたりたのだ。マリウスは何の疑いもせずにグラチウスについて出ていった。ケイロニア軍の見張りも魔道師部隊の結界も、グラチウスの前には何の役にも立たなかったのだな、当然のことながら」

「………」

ヴァレリウスはちょっと恥じ入っておもてをふせた。それをイェライシャは面白そうに見た。

「おぬしのせいではないさ、ヴァレリウス。相手はなにしろ〈闇の司祭〉だからな。――だがあの吟遊詩人もあまりにも警戒心のないやつだ。疑いもせずにグラチウスについていった。一度は〈闇の司祭〉のためにキタイに拉致され、酷い目にあわされたのだから、少しくらいは警戒したり、おそれをなしたりしてもよいものを、あの宮廷生まれのヨウィスの民は、何度酷い目にあっても、まったくひとを疑うということを知らぬのだな」

「………」

「そして、グラチウスがそのように焦りだしたというのには訳があった。――グインが、山火事のさなかでさえ、グラチウスの言いなりになることを拒否したからだ。グインとスカールがただ遭遇しさえすれば必ず求めていた《何か》が——《最後の鍵》が手に入る、と信じていたグラチウスは、何ごとも起きなかったことにいたく不満を抱き、また不信感をつのらせていたが、それもこれもグインが記憶を喪っているせいであろうと思い、極度に焦って豹頭王に記憶を取り戻させようとこころみた。だが、それにはなかなか成功しなかった」

「なんと……」

「その間にいろいろと——イシュトヴァーンあいてのいくさだの、そしてまた、スカール太子のほうの事情というのもあってな。平たく云えば、スカール太子はもはや命旦夕《めいたんせき》に迫っているのだ」

「え」

ヴァレリウスは仰天して目を見開いた。

「そうなのですか」

「というよりもいまの彼そのものが、よくぞ生きていると感嘆せざるを得ないような状態なのだ。それも、結局はノスフェラスにおもむいた折りにかの地《グル・ヌー》の《放射能》という毒気に当たってしまったその名残だが、それは決して抜けることも好転することもなく体内でたゆまず進行し、いっときはすでにスカールはもう失われるところであった――遠い草原の国に辛うじて戻ったそのころにはな。だが、そこにあらわれたのがグラチウスであった。そのころからすでに彼は、黒太子と豹頭王とが出会ったときに世界がかわる、というかの辻占をかたくあてにしていたに違いない。そうして、グラチウスの《治療》により、スカール太子はいのちをとりとめ、いっときはきわめて元気を取り戻すことさえできた。だが、それがとんだくせものだったのだよ」

イェライシャは苦々しげに云った。眼下にひろがる灰色の死に絶えた光景をさししめすともなくヴァレリウスに示す。

「このような荒れ果てた廃墟の上に、緑の絨毯を魔道によりひろげ、そこを緑の沃野に見せかけたとしたら、どうなると思う。――じっさいには、この地は数年ののちには、また芽吹き、そしてまことの生命を取り戻して、生き生きと輝くだろうが、そうなるのを待つのではなく、いまこの場で、魔道の緑の絨毯によってこの地を生命あるものと見せかけたところで、それはまことのいのちでもなんでもない。――グラチウスが黒太子にほどこした《治療》とはまさにそのようなものであった。黒太子の得た病とは、所詮、生身の人間にはついに超えることのかなわぬものであったのだから」

「……………」

「グラチウスの与えた薬で黒太子は元気を取り戻し、そしておのれを庇ってイシュトヴァーンの刃に斃れた妻の仇をうつため、そしてまたおりしも誕生した正規の国王の跡継ぎに王太子の座をゆずるために草原を捨てた。——それもまた、もしかしたらグラチウスがひそやかに吹き込んだことでなかったという保証はない。だがいずれにせよ、アルゴスの黒太子は漂泊の運命をもった男でもあったし、またおそらく、グラチウスの治療で九死に一生を得た時点ですでになんらかの予感はあったのだろう。——それで、スカールはアルゴスを捨て、はてしない漂泊の旅に出てしまったが、その間にも、じっさいには彼のからだは病魔にむしばまれており、見かけの健康はただひたすら、グラチウスの術によってのみ維持されていたのだよ。いうなれば、ゆるやかなゾンビー使いの術によって」

「………」

ヴァレリウスは無言のままそっと身をふるわせた。目に、まだ若く、精悍この上もない、過ぎし日のスカールのおもかげがよみがえってくる。

「そのような黒魔道にはひとつだけ重大な欠陥がある。それは——《どんどん、実際には事態は悪くなる》ということだ。——わしが、《ドールに追われる男》とまで呼ばれる身になりはてて、ドールにそむいたというのもほかではない。黒魔道にはついに、最終的な勝利はありえない、ということに気付いたからだ。——黒魔道は、事態を解決しない。糊塗しようとする。それではだが、決して本当にはものごとは進展することはありえないのだろう、ということに、わしはようやく気付いた。だから、四百年目にしてドールに背くことを決意したのだよ。わしはもともとは黒魔道師――だから黒魔道の弱点も、限界もまたよく知っているのだ」

「……」

「それゆえ、知らぬゆえしかたがない、また生きるためには彼の場合、ほかの選択肢はなかったと云いながら、スカール太子を襲った運命は、なまじその病の自然の進行にゆだねて、むざんに枯れ木が朽ち果てるように倒れてゆくよりも、ずっと悲惨なものになったのだ――と、わしは思っているよ。ひとの寿命にはさだめがある。まして、スカール太子は、魔道師でもない常人の身で、《グル・ヌー》の秘密をきわめる、というような無謀をあえてして、ある一線を踏み越えてしまった。――そのむくいは、体ではらすしかなかったはずだったのだ。だが、それをグラチウスの黒魔道が救ってしまったがために、いっそう悲惨な運命が太子を襲った。太子は、いまや、ほとんど生ける屍になってしまっている」

「生ける屍――あのかたが……」

「そう、雄々しく強かったアルゴスの鷹はいまは死をまつだけの生ける屍にひとしい。だがまだその息はたえておらず、意気はなお盛んだ。――そして、記憶を喪った豹頭王グインをイシュトヴァーン軍と、そしてルードの森のゾンビーたち――実際にはそれはグラチウスの放ったものであったのだが――から救ったのもまさにアルゴスの黒太子スカールだったのだ」

「おお」

ヴァレリウスはそっとつぶやいて、ひそかにヤーンの印を切った。

「ヤーンはあまりにも不思議なことをなさいます。——そのみわざはわれら無力な人間にはとうていはかり知ることがかないません」

「そのとおり、わしのような魔道師となってさえも、いや、そうなればなるほど、ヤーンのみわざについて思いをはせるとき、おぬしと同じ感想を抱くことがあまりに多い」

イェライシャは重々しくうなづいた。

「だが、そういうわけで、グラチウスの意図したところはきわめて明白——それはつまり、何があろうと、たとえゾンビーと化したものをであろうと、なんらかの鍵を握る存在である黒太子スカールを、豹頭王グインと会わせるまで生かしておくこと、だった。だが、ヤーンはそのグラチウスのたくらみを、グインの記憶を喪わせる、というかたちでさまたげられた。世にも不思議ななりゆきだよ、じっさい」

「ああ……」

「そして、首尾よくグインとスカールをあやつって会わせたにもかかわらず、何ひとつおこらなかったことに不満と不信を抱いたグラチウスは、それがすべてグインの記憶の戻らぬゆえであろうと決め込み、ついに何がなんでもグインの記憶をとりもどさせようと、マリウスを連れだそうとしたのだな。――わしは、だが、さきにもいうたとおり、グラチウスの見ている前で万一にもグインがマリウスと再会することによって記憶をとりもどし――そして、そこで何がおこるのか、それに賭けてみるわけにはゆかなんだ。わしはもとよりルードの森におるので、ずっとことのなりゆきは見てきたがね。途中からは、どうやらグラチウスの意図も読めたので、なるべく介入せぬようにしてひたすら、ようすを見てきたが、どうやらこれはこのままにしておいてはまずかろう、と考えて、あらためてこの山火事のとき、ついにグラチウスが折れてグインとスカールを救出すべく、降雨降雪の術を使ったところをみはからって、きゃつの邪魔をしにまかり出たというわけだ」

「なんだ」

思わずヴァレリウスは口走った。

「それもちゃんと、お見通しの計算づくだった、というわけなんですね。何の術で〈闇の司祭〉が消耗しているのか、わからない、などといわれて、実際には、何もかもお見通しの上で好機を見計らっておられた、ということなのですね」

「まあ、そういっていえなくもないが」

イェライシャはかすかに笑った。

「それはグラチウスと立ち向かうにはその程度のことはどうしたって、計算せぬわけにはゆかないよ。わしは、おのれがグラチウスよりも力としては劣っていることはつねに意識しておるのだからな」

「それが、信じられませんが……」

ヴァレリウスは首をふった。

「私からみれば、おふたかたの力はまさに伯仲しているようにしか」

「グラチウスを黒の十とすれば、わしはおそらく白の七割五分、というところだろう。だが、じっさいには白のほうがつねに黒より弱い。――わしも、ドール教団の黒魔道師であった時分には、たぶん、グラチウスに匹敵することは可能だったろうよ。力そのものが弱いというより、白魔道には黒魔道にはない制約がたくさんあるからな」

「それは……そうかもしれませんが……」

「グラチウスのほうが残念ながら、力がまさっているからこそ、わしはアルセイスの地下牢に長年にわたって幽閉されることになってしまったのだよ。きゃつの魔力のために」

口惜しそうにイェライシャは云った。

「あのときから、ずっと、いずれはこの仕返しはしてやると思っていたが――いまがその好機、とは思ったものの、そこまでゆけばおそらくわし自身も無事ではすまぬ。そう思うと、そこまではなかなか思い切れなかったな。わしもいい加減、しっこしがないわ」

2

云う間にも、イェライイシャとヴァレリウスとは、荒れ果てた大地にむかってゆるゆると降下していた。目に見えぬ結界の光の球が、そっと二人を大地につりおろす。

「スカール太子は草原の民ゆえ、ことのほか魔道馴れがせぬ」

イェライイシャは説明した。

「それゆえ、まあ、野性の獣をおびやかさぬように近づくようなものだ。おぬしとは、面識があるのであったな」

「それはもう。太子さまはいっとき、いまにして思えばそのノスフェラスよりの御帰還の途上、奥方をイシュトヴァーンの刃により失われて失意の、病に倒れたおからだで、クリスタル・パレスに滞在なさいましたから」

「そうであったな。そのころは、わしは、アルセイスの深い地下牢のさらにそのまた地底でグラチウスめのくびきにつながれ、呻吟しながらただひたすら遠くの出来事を魔道で観照し、知ろうと必死になっていたよ」

むしろ懐かしそうにイェライシャは云った。

「なんとも、人々の運命もまた生々流転を重ねたものだな。――まことにヤーンのなさることには、限りがない。……誰が、あの草原の鷹、アルゴスの風雲児と呼ばれた黒太子スカールが、このようなうらさびしいゴーラ国境地方で、もしかしたら最後の時を迎えるかもしれぬ、などと予想しただろう」

「最後の時、ですと」

ヴァレリウスはぎくりとして叫んだ。

「本当に、そうなのですか。本当にスカール太子は、はかなくなられそうなのですか。――しかし、もし、それでスカール太子が失われたら、永遠に――北の豹と南の鷹の相会うとき、というあの予言は成就せぬままで終わってしまうのですか。それともじっさいには、それは成就したのでしょうか」

「それはわしにはわからぬさ。わしとて何もかも知っているとはとうてい言い難い。――だが、気をつけておけ。あのグラチウスともあろう執念深いやつがとうていこれですべてを諦めたとは思われぬからな。それにもうひとつ忠告しておく。これはまあ、わしのせいもあるし、わしもまたお前のおかげをこうむってなんとか今回グラチウスを追い払えたのだから、おおいに恩に着るが、グラチウスは、おのれが追い払われたのが、お前の加勢のゆえであったことはとっくに気付いていると思うぞ。お前の心話はとうからグラチウスにも聞こえていただろうからな。――従って、これから先は、グラチウスはお前をあらためて本格的に敵とみなすだろう。あんな剽軽にみせかけているじじいだが、きわめて執念深く残忍きわまりないことはこのわしが受けた仕打ちで一番よく知っている。気をつけたがいいぞ」

「肝に銘じておきます」

ヴァレリウスはしょっぱい顔でいった。

「しかし、どのみち、いまさら――とは思いますよ。どっちにしても私は以前、あのじいさまのおかげで、《魔の胞子》を使われてひどい目にあったんです。それは老師がご親切にとって下さいましたが――そういうことを思い出すと、やはり、私如きの若造でも、力のある魔道師になりたいな、と思いはしますよ。――力がないから結局、馬鹿にされて、舐められていいように扱われてしまうんですから。あの《魔の胞子》のときには本当にそう思いました。なんて、われながら力がなくて、なさけないんだろうって」

「まあ、そう気を落とすことはないさ」

イェライシャはなぐさめた。

「お前さんはわしがそのくらいの年齢だったころにくらべたら、ずいぶんと力があると思うよ。――あとはもうただひたすら、『もっと強く、もっと力があるようになりたい』と望むかどうか、だけだからね」

「だからといって黒魔道師になろうとは思いませんが――おお、あの洞窟から誰か出てきた」

「スカール太子はまだ、わしのことはまったく知らぬ」

イェライシャは云った。

「むしろここは、お前さんの出番だろう。そうでなくてももともと魔道師嫌いのスカールだが、もう最近ではさすがにグラチウスがどうやらただの親切心でおのれを不治の病からいったん《救い出してくれた》わけではないのだ、ということに気が付きつつあるようだからな。だからといって太子はすでに、もうグラチウスの黒魔道なしでは生きてゆくことができぬ体にされてしまっている。わしの力でかなうことならなんとかしてやりたいが、そのためにもまずは彼の信頼を得なくてはならぬだろうが……」

「私が、スカールさまの信頼を得ているかどうかだってあやしいものですが」

ヴァレリウスは眉をしかめた。

「あのかたはおそらく私のことは、ナリスさまの配下のあやしい魔道師、としてしか記憶しておられないと思いますよ。――パロの宰相、として信用して頂いてはおらぬと思いますし」

「だが話くらいはきいてくれるさ。さ、わしはここでいったん待っているゆえ、まずおぬしがいって、太子の不審をといてきたがいい。いまの魔道の嵐についても、黒太子一行にとってはとうてい、何がなんだかわからぬだろう」

「お待ち下さい」

一瞬、あることに思いあたって、ヴァレリウスははっとしてふりかえった。

「ということは――グインどのも、スカールどのとともに、その洞窟に難をよけておられる？　そうなのですね？　おかしいな、だが、私と部下の魔道師どもがどれほど探索しても、あれだけ強大なかたの《気》が、どうしてもこのユラ山系では感知し得なかったのですが……」

「さあ」

というのが、イェライシャの答えであった。

「それについてはおぬしがその目で確かめてみるがいいさ。ともかく急ぐことだ。グラチウスがまた戻ってきたら、おそらくはまずお前のほうから片付けにかかると思うぞ」

「そいつは大変だ」

思わず心の底からヴァレリウスはつぶやいた。そしてあわててイェライシャの結界をふみだし、大地に足をおろした。

結界はイェライシャがあけてくれたのだろう。何の抵抗もなくヴァレリウスは外に出て、そのまま、注意しながらふかぶかと外気を吸い込んだ。雨のあとの湿った空気と、そして土のにおい、木々の濡れた葉のにおい、夜気があたりをみたしている。といってもまもなく朝があけるころだろう。

（なんという一夜だったことだろう！）

ヴァレリウスは嘆息しながら思った。そしてさいごの一モータッドばかりを一気にすいと飛んで、木々のあいだに着陸し、そのまま、洞窟の前の狭い空き地に顔を出した。

それは、それほど大きくはないが、奥にむかってひろがっていそうな洞窟だった。入口のところに、明らかに騎馬の民とわかる二人の男が、まるで汚いぼろのかたまりのようにうずくまっている。それでも一応、それは洞窟の内部にいるもののために見張り番に立っているのだろう。

ヴァレリウスはひょいと、手のなかから、白い布を虚空から生み出した。それをひらひらさせながら、木々のあいだからすがたをあらわし、近づいてゆくと、見張り番たちがはっと身構えた。おそろしく疲れ、消耗したようすだが、ぱっと身をおこし、手に剣をかまえるあたりはさすがに剽悍をもってならす騎馬の民だ。

「何者だ！」

するどい叱咤の声がとんだ。ヴァレリウスは白い布をひらめかせた。

「ご安心下さい。パロの宰相、魔道師ヴァレリウスです。——スカール太子どのがこちらにおられましょう」

「何だと」

さっと、二人の見張りのひげだらけのおもてに動揺が走る。

「きさま、なぜ、それを……」

草原のつよいなまりが聞き取りづらかった。

「事情あって知りました。スカール太子さまとは、すでにお目にかかっておりますし、太子さまもわたくしのことはご記憶のはず。――ケイロニアの豹頭王グイン陛下救援の、ケイロニア遠征軍に同行してここまで参りましたが、スカールさまともども、グイン陛下がここにおいでとたずねあてて一足先に御様子を見に参りました。――スカール太子さまにお取り次ぎ下さい。スカールさまならば、わたくしはお見知り置きいただいての筈」

「いかにも」

突然、野太い声が洞窟のなかからかかって、ヴァレリウスははっとした。すでに、すぐ入口あたりにいて、スカールはこととしだいを耳にしていたようだ。

「お前のことは覚えている。――パロの魔道師ヴァレリウス。国王レムスの腹心だったな……いいや、その後、アルド・ナリスに寝返り、そして反乱軍の参謀となり、さいごにはパロ宰相となったことも心得ている」

ゆらり、と――

洞窟の入口に、黒い影がわいた、かと思われた。

ヴァレリウスは、はっと胸をつかれていた。

それほど、おのれが、衝撃を受けようとは、思いもよらぬことであった。だが、ヴァレリウスは、思わず叫びだしたくなるほどの衝撃に、おのれが立ちすくんでしまったのを感じていた。

（スカール殿下……）

（この——お姿は……）

ゆらりとあらわれた黒いすがたは、幽鬼——としか、言いようがなかった。

（なんということだ……あれほど、精悍だったかたが——あれほど、英雄のなかの英雄、男の中の男ともいうべき風貌、風姿をもったかただったが……）

ぐらぐらと胸のなかで何かが激しく崩れ落ちてゆくような思いを、ヴァレリウスはかみしめた。

黒いぼろぎれのようなマントと重ね着した何枚もの黒い衣類に身を包んだスカールは、洞窟の壁に手をついてやっと立っているようであった。そのおもては浅黒く、その落窪んだ目はいまだにけいけいとしてすさまじい——といいたいような光を放っていたが、しかしそれは、ヴァレリウスにはいっそ不吉であった。

（ああ——）

何か、刺すようないたみが、胸をつらぬいた。

（スカール太子は、命旦夕に迫っている）

イェライシャのことばが、胸に痛い。

（これは、死相――だ……）

（確かに……これは、もう……長くは生きておられまい。というより……こうして、立って歩いているというのが奇跡だ――おそらくは、気力だけで持ちこたえておられるのだろうが……）

ゆらりと立っているそのすがたは、かつてのあの精悍な勇姿を知るものであったら、だれしもひとしなみに涙にくれぬものはなかっただろう。

たとえスカールそのひとには敵対する立場にあるものであったとしてさえ、かつての《アルゴスの鷹》を知るものならすべて、この世の変転と運命の力の強さ激しさ、無常に思いをはせずにはいられなかっただろう。

「久しいな。ヴァレリウス」

その髭におおわれた唇が動いた。だが、その目だけが異様なまでに生き生きとした光を放っている――と、ヴァレリウスは思った。

（まるで――もはや、肉体はただの屍となりはて、魂だけが生きている人のようだ……）

（ナリスさまが――ナリスさまがはかなくなられる前だって――これほどまでには、衰弱した御様子ではなかった。──やはり武人だと、体力そのものが、違うのだろうか。それとも、それが──〈闇の司祭〉の魔道の力のせいだ、ということなのだろうか……

……）

「お久しゅうございます。スカール殿下」

ヴァレリウスは、その内心の動揺をおしかくすように、ふわりと膝をつき、正式の礼をした。反射的に、外国の貴顕への正式の礼が出た。

「殿下はよせ。いまの俺は、アルゴスの王太子でもなければ殿下でもない」

しわがれた、野太い声が云った。そして、スカールは、ふいにふわりと倒れかけたが、とっさにうしろから見守っていたらしい部下の腕に支えられ、そのまま崩れるように座り込んだ。

「すまぬな、ヴァレリウス。ちと体調を崩しているので、立ってはおられぬ。お前もかけてくれ。洞窟の中へといざなうべきところだが、あいにくと洞窟の中は、馬と俺の生き残った部下どもとで、超満員でな」

だが、スカールは磊落な笑い声をたてた。その笑い声のなかにだけ、かすかに、もとの、豪放な黒太子の面影がひそんでいた。

「とんでもない──ようやく、お探しあてまして……まことに、その」

「魔道師だから、探し当てられたか。──いまは確かパロの宰相としてリンダ女王のかたわらにあり、アルド・ナリスの遺志をつぐと聞いた。――そして確か、ケイロニアの遠征軍に同行し、グインを救援に向かったのだったな」

「は。――よく、ご存知で……」

「グラチウスという男が何でも教えてくれるのだ。俺の知りたくもないようなことまでな」

は、は、は、と短く区切って、スカールは笑った。そして、かたわらの騎馬の民が差し出した水筒から、息が切れたかのように一口飲んだ。

「は……さ、さようでございましたか……」

「というよりも、おぬしらがこちらに刻々近づいてくる、ということもずっときかされていた。だから、いまここにおぬしが出現しても、何も意外だとも、いったいこれは何のたくらみだとも思わぬ。――むしろ、魔道師たるおぬしが、ようやくここを探し当てたというのは、遅きに失した、といいたいくらいだ」

「と――おおせられますと……」

「お前たちの目的は、俺ではあるまい。俺はただのつけたし――ただここにいるから、会うたにすぎぬこと。お前は、ケイロニア救援軍の使者として、グインどのを迎えにきたのだろう、そうではないのか」

「いえ、そうではございませぬ」

ちょっと迷ってから、ヴァレリウスは云った。イェライシャからの心話がひそかに彼に催促していたのだ。

スカールの眉がけげんそうによせられた。

「そうではないだと？　それはどういうことだ、魔道師」

「そういうところは、変わっておいでになりませぬなあ」

思わずヴァレリウスは云った。

「いえ、その――スカールさまは、わたくしのことは、覚えておいで下さっておられました。……そのわたくしの昔のお馴染みがいに、わたくしの――師匠にあたる魔道師を、ここに連れて参ってもよろしゅうございますか」

「何だと」

スカールの目が細くなった。険呑な光が目のなかにうかんだ。

「師匠にあたる魔道師、だと。もう魔道師は沢山だ。――グラチウスで心底沢山だと思うようになった。きゃつのおかげでひどい目にあったし、たくさんの部下や大事な馬を失うことにもなった。同時にきゃつのおかげで俺の命も救われたが、それがよかったのかどうかいまだに俺は決めかねている。――いったい、それはどういうことだ」

「最前よりの、たいへんな嵐。お気づきでございましたでしょう」

「気付くも気付かぬもない。――あまりにも不自然で、あれはとうてい自然の嵐とは…

……草原のわれらにさえ、思えなんだ」

スカールはにがい顔をした。

「いったい、どのようなことにまきこまれたのかと思うが――グラチウスのやつが山火事をおこし、そして……まあいろいろあって、そこから雨をふらせてわれらの命を救ってくれたと豪語した。それはだが、まことだとしか思えぬ。さしも強情我慢の俺も、魔道師の力というものをあまりはっきりと見せられて、信じぬわけにはゆかなくなった。あの嵐も、グラチウスが起こしたものだ、そうだろう」

「いいえ、グラチウスでもございますが、私の師匠――イェライシャ、《ドールに追われる男》と申します、これはグラチウスと敵対する正義の、といってよろしいでしょうか、正しき道にくみする魔道師でございますが、その嵐は、すなわちかのグラチウスとわが師匠がぶつかりあって激突しての――魔道の戦いが引き起こした嵐でございまして……」

「やはりな」

ヴァレリウスが意外に思ったことに、スカールはべつだん驚く様子もなかった。

「そんなことだろうと思っていた。――また、おそらく、グラチウスか、あるいはその師匠とやらが、我々を守っていてくれたりしたのだろう。すさまじい雨風、外の天地のひっくりかえるような異様な嵐であったにもかかわらず、この洞窟のなかだけはぴりっとも風ひとつ吹き込まなんだ。あまりにも様子が不自然で、これはどうあっても魔道師のしわざよな、と思っていた。——グラチウスがしたことだとばかり思っていたが、お前の師匠のしわざだったのか？」

「さようでございます」

ヴァレリウスはイェライイシャの心話をきいて答えた。

「そのイェライイシャと申す魔道師が、ついにグラチウスをとりあえず追い払い、魔道の戦いにいったん勝利をおさめまして——それにつきまして、スカール殿下にお目にかかりたいと申し出ております。ここに招きまして、よろしゅうございましょうか」

「魔道師などというものは駄目だといったところで来たいところにあらわれるものだということを俺は学んだ」

そっけなくスカールは云った。

「どうとでもするがよいさ」

「かたじけなく存じます」

ヴァレリウスはどうしようか迷った。

だが、ヴァレリウスが心を決めるより早くその場に、ふわりとイェライイシャの白髯のすがたがあらわれた。スカールは、毛ほども関心を抱いたようすさえ見せなかった。ただ、暗鬱なするどく光る目をちらりとイェライイシャに走らせただけだ。そのようすは、あたかも、すべてのこの世の現象に倦みはててしまった人のようにさえ見えた。

「お初にお目にかかる。《ドールに追われる男》イェライシャと申す魔道師であります」

「グラチウスと戦った、というのはおぬしか」

スカールは面白くもなさそうに云った。そしてまた、喉がひどくかわくようにひと口飲んだ。

「ずいぶんこの世には魔道師というのは結句《けっく》大勢いるものなのだな。俺は何も知らなんだ」

「私は、そのかみ、〈闇の司祭〉グラチウスのために、幾久しくアルセイスの地下深く監禁される憂き目をみていたもの」

イェライシャは落ち着いて微笑んだ。

「その運命からわれをお救い下さったかたこそが、豹頭王グイン陛下であられた。それより、私はグイン陛下の最大のお味方として、つねに行動しております。——同時に、グラチウスこそが最大の宿敵である、ということも、このイェライシャの鉄則」

「グインの友で、グラチウスの敵」

スカールはほんのわずか、目もとを和ませて答えた。

「それがまことなら、このスカールもまた、おぬしの敵ではあるまいさ。だが、俺はとりあえず、いまのところはもう魔道師はこりごりだ、というばかりだな。山火事で焼き殺されかけるは、部下どもは失うは、騙されて薬を飲まされ、生まれもつかぬような体にされてしまうは、とあってはな。それもこれも、俺が魔道師というものについて知ることのなさすぎた無知の報いであると思えば、しょうこともないが」

「そのことにつきまして、スカール殿下のお力になりたく、ヴァレリウスに頼んでお近づきを得たく参上したようなしだいで」

イェライイシャは丁寧に云う。

「俺の、力にだと」

うろんそうにスカールがイェライイシャを見た。

「もう、どちらにせよ魔道師はこりごりだぞ。俺も、部下どももな。――魔道師なぞというものの出現しない世界に戻りたい。草原でも、南でも地の果てでもどこでもかまわぬ。もう魔道師は沢山だ」

「そうおおせられるのはごもっともなれど、殿下はもっともたちの悪い相手に最初にぶつかられた。――グラチウスは、〈闇の司祭〉と通称されるほどある、黒魔道師のたばね、ドール教団の教祖でもあれば、《暗黒魔道師連合》と呼ぶきわめてあやしげな黒魔道師のはじめての連合を組織した男でもあります。それにからんでこのわしも長年の幽閉の憂き目にあいもしましたが――そののちはグラチウスを最大の宿敵とし、その黒い野望をはばむべく、すべての力と心血とを注いでおります」

「………」

うろんそうに、スカールの目が、けわしくよせられた眉の下から、イェライシャをにらむ。だが、その目の光が、少しだけやわらいだ。

「俺の人を見る目にそれほど狂いがいまだにないのだとすれば――」

低くつぶやく。

「おぬしの人相風体は、『信用してもよい』と俺に告げているようには思われぬでもない。――だが、まあ、やはり魔道師だからな。人間の寿命や運命、体や精神を勝手気儘におのれの力で操ろうとするようなやからはやはり信用は出来ぬな」

「そうおおせになるはごもっともながら、スカール殿下、スカール殿下は、おそらく、お治りになりますぞ。――ただいまのご不調はおそらく、グラチウスめのかけた黒魔道の術のせい、このイェライシャはその術をとき、殿下に薬で間に合わせのものでない、まことの健康を取り戻せぬものかとそれを拝見したく、このように参上したものです」

「ふむ」

スカールは、奇妙な微笑をうかべながら、イェライシャとヴァレリウスを見比べた。

「まあ、ヴァレリウスについては以前から知っている。うろんな男ではあるが、そのこやつが師匠と呼ぶからには、まんざら信頼できぬ魔道師でもないのだろうな。だが、もう魔道師はいずれにせよごめんだ。この因果の病で死ぬならそれでもよい。もう頼むから、そっとしておいてくれ。それだけがいまの俺の頼みだ。――それにそもそも、どうせ、俺にそのようににわかにいろいろな魔道師が親切にしてくれようとすり寄ってくるのも、グインとのなんとかいう――《会》であったかな、そのなんとかのためなのだろう？　つまりは、グインと俺とが揃っていればお前たち魔道師の都合になにやら具合がいいという――そのために俺をも、生き延びさせようとしているというわけだろう。だが、生憎だな」

スカールの目が鋭く光った。

「もう、そうして俺にすり寄ってきても無駄だ。俺とグインとを一緒にさせて、それでグインの記憶をどうこうとグラチウスのように思うたところで無駄だぞ。なんとなれば――グインは行ってしまった。もうここにはおらぬからな」

3

「え」

思わず、ヴァレリウスは声をたててしまった。スカールがおかしそうに、幾分小気味よさそうにヴァレリウスを見た。

「そうだ、グインは行ってしまった。どうだ、ここにきて、俺の病を治そうなどといっても、無駄なことがわかっただろう」

「行って――しまった」

たやすく衝撃を受けた自分にまた少し腹をたてながらヴァレリウスはくりかえした。そしてちらりとイェライシャを見た。だが、イェライシャのおもては眉ひとすじ、動いていなかった。ヴァレリウスは、イェライシャがあらかじめそれを知っていたのだ、ということを悟らざるを得なかった。

（行って――それでか。それで、グインほどに強大なものの《気》がこのあたりに、どうしても感じ取ることができなかったのか？）

（いや、だが――グインがもし行ってしまったとしても……たとえどれほど彼が超人的な体力をもっているとしても、あくまでも魔道師ならぬ普通の人間にすぎぬ――その彼の足で歩いてなら、どれほど早くにこの地をたったとしても……まだ充分に俺の感覚で察知しうる場所にはいなくてはならぬはずだ。でなくば――それほど遠くにいってしまっているなら、グラチウスがここにいる、とケイロニア軍に告げにきたときにはもうすでに、何百モータッドもはなれていなくてはおかしい。――いや、待てよ）

（老師）

ヴァレリウスはそっと、黙っているイェライシャに心話を送り込んだ。

（まさかと思いますが……もしかして、その――グインの失踪、出奔というのは――老師が、手を貸して……）

（………）

イェライシャからは、笑いを含んだような、心話ともいえぬ表象がかえってきただけだ。それで、ヴァレリウスは確信をふかめた。

（さては、老師が！――わかった、やっとわかった、なんて俺はものわかりが悪いんだろう。――それで、グラチウスと大戦争になったのですね？　老師がグインをスカール太子とともにあってまもなくケイロニア軍と出会う、という状況からまんまと逃がしたゆえに、グラチウスが怒ったのですね？）

（さあな）

とぼけたようにイェライイシャが心話をかえしてくる。

「グイン陛下は、いつごろ、ここをおたちになりました——？」

ヴァレリウスは、ためらいながらスカールにたずねた。スカールはものうげに首をふった。

「あの恐しい嵐がやってくる少しばかり前だ。——我々は山火事から逃れ、降り出した大雨からも逃れてこの洞窟に逃げ込んだ。そこで、つまり——俺は多少具合が悪くなってな。まあこのしばらくの無理がたたったのだろう。それで、俺の部下どもも俺の看病と、そして仲間の怪我人たちの看護にすっかり手をとられていた。いつ、グインが洞窟から消え失せたかは、誰にもわからぬ。気が付いたら、きゃつは消えていた。おそらくは、きゃつにはきゃつの理由があったのだろう。それは、俺には信じられる。きゃつは、いったん盟友となった者を裏切るような人間ではない。そのかわりにまた、その盟友となった者にも、おのれが、べたべたとした、何もかもまかせきり、信じ切るようなつきあいをしているわけではないのだ、という覚悟が要る。——そのことが、まだ知り合って日はあさいが俺にはすぐわかった。きゃつは何か必ずおのれの考えがあって、そして俺と部の民に別れを告げることさえもなんらかその考えのさまたげになるような事情があって——それで、姿を消してしまったのだ。それだけのことだ」

「何日くらい前でありましょうか？」

「さあ、俺は、ずっとあまり状態がよろしくなかったのでな。うつらうつらしているばかりで、なかなか何回太陽が昇り、沈み、したかなど数えてはおられなかったが、それほど長くはなかったことは確実だ。おそらくは二、三日というところだろう。――あのグラチウスが一回顔をだし、そして強引に俺に薬を与え、これを飲まねばいのちにかかわるといい――そして、部の民どもに説得されて俺はそれを口にした。残念ながら、いまこうして俺が立って、普通に口をきいていられるのはそのおかげだろう。きゃつの《薬》はまことによくきく。――だが、そのときはじめてグラチウスはグインがおらぬことに気付いたようだった。そして、かなり動転して、俺の悪口をいい、たかが騎馬の民のお前などに、おのれをたばかることはできるはずもないと思っていたのが、間違いのもとだった、というなり出ていってしまった。その、ほんの少しあとだ。――一天にわかにかき曇ったかと見るに、なにやらただごとでない風や雷が到来し、いかにもひとさわぎはじまったのは」

（老師）

ヴァレリウスはけわしくとがめた。

（老師がグインを逃がしたとすれば――いま現在、グインどのがどこにおられるか、老師だけはご存知なのでしょう。――それを、グラチウスが追ってきたのを、老師ははばんであの魔の死闘となられた。そうですね？　そうなのですね？）

（そうかもしれぬな。だが、グインの行方はわしは知らぬよ）

イェライシャはおだやかにいらえを返した。

（何ですと。逃した当人がなぜ、知らぬわけが）

（わしはただグインを彼の望むとおりに、ある方向へ向けてなるべく遠く《飛ばして》やっただけだ。もうひとつ違うこともしたがね。――それも、だが、わしにとっては、グインの頼みどおり、というよりも、グインはそう頼んだわけではないが内心でそう望んでいた、そのとおりにしてやったにすぎぬ。それについては確かにそのどちらもグラチウスの邪魔をすることになった。だがもとよりわしはグラチウスにとっては宿敵そのものでしかないでな）

（…………わかりましたよ）

一瞬、色をなしたヴァレリウスは、そのまま、肩をすくめた。

「ともあれ、もう一度申し上げますが、このイェライシャ老師は通常の魔道師とも――むろん黒魔道師たちとも、グラチウスともまったく違います。信頼していただいてよろしいかと存じますが、むろん太子さまが、私ごときの口添えでは信用ならぬと申されるのであれば、いかんともしがたきことですが。失礼して私は少々、グイン陛下をお捜しにゆかねばなりません。ご免」

ヴァレリウスは頭をさげるなり、気が急くままに立ち上がった。

(グインどのの行方を教えて下さらないのであれば、自分で探しますよ)

叩きつけるようにイェライシャに心話をかえす。

(私も、とにかく早く用向きを終わらせて、クリスタルに戻らねばならぬので。リンダ陛下がおひとりでさぞかし心細い思いをしておられましょうし。——イェライシャ老師のもとで何百年にもわたって魔道修業をしたい志だけは、まことにそのとおりですが、まだ当分、それどころではございませんね。野暮用が多すぎましてね)

(やけになるな、ヴァレリウス。お前にはわからぬことが沢山あるのだ)

穏やかにイェライシャの心話がかえってきた。

(もっと、グインとその運命とを信じてやるがいい。——あやつだけは、何ひとつ知らずとも、記憶を喪っておろうとも、不思議とヤーンの運命のもとでの判断をあやまらぬ。そのように生まれついているとしか言いようがない——グインは自ら、いまケイロニア軍に救出され、サイロンに戻ることを避けたのだ。だが時がくれば、グインが必ず自分からサイロンに戻ってくる。それまでは、ケイロニア軍はただ忠実に待っているほかはない。——まして、ヴァレリウス、お前さんはパロの魔道師だよ。……グインの失踪について負い目を感じることはない。それもまた、グインがおのれの意志でしたことなのだからな。彼の最大の特徴は、彼だけが、地上のすべての人類のなかでただひとり、お

のれの意志で選択したすべての判断がヤーンのみ心にかなうものである人間だ、ということなのだ）

（わかった、わかりましたよ。でも今回のところはそのヤーンのみ心を代弁されたのはイェライシャ老師だというわけでしょう。——まったくお人が悪い、それならそうと、私に教えてくれるくらいの親切心はないものですかね。時としてあんなに親切に肩入れし、お力を貸してくださるのに）

（わしもまた、わしの黄金律にしたがって動いておるのでね）

イェライシャは動じる気配もなかった。

「さあ、太子。——不信の念はもっともなれど、太子どののご容態はなかなかに一刻を争うものがある。それは、その病のゆえではない。グラチウスがこなたにかけた怪しからぬ術のせいなのだ。もう、どのみちそこまで覚悟を決められたお身であれば、ひとたびだけ、われにゆだね、グラチウス以外の魔道師にかかってまことにその病が軽減せぬものかどうか、試してみられては如何。——どちらにせよ、このままでは太子どのは、長いことはおありにならぬ。そうであれば、もうないものと思い決められたおいのち、こととためしにこのイェライシャに預けてみられるもべつだん、同じことかと思うが」

「………」

濃い眉をよせて、スカールはいやというほどイェライシャをにらんだ。

それから、ふいに、力をぬいて肩をすくめた。

「まあいい。——もう、俺の人生はおわりだ。どのみち、大した違いはもうありようもない」

スカールは云った。

「好きにするがいい。お前を信用したわけでもないし、グラチウスを入れたときも、べつだんきゃつのいうことにほだされたり、信頼したからではない。どちらにせよ、俺にとってはもはや生死一如、同じことであったからだ。——グインと俺が出会って、何がおこるはずだったのかは俺などにはわからぬ。ただ、俺は、きゃつに会って嬉しかった。これが、おのれの人生の——さいごの何か偉大な出来事なのだなという気がした。それゆえ、きゃつのためには俺はすべての力を貸してやりたい。あとはもう、俺のこの世におけるのぞみはたった二つだけだな。——宿敵イシュトヴァーンをほふること。そして——もし出来ればいまひとたびだけ、いっとき愛しと思ったもうひとりの女に会いたいが、それはもうどうでもよい。——俺の命を延ばしてくれられるというのなら、もう、どのようにでもするがいい。俺をゾンビーと化して操ろうというのなら、それも俺にはもう、とどめるすべはない……そうでなくとも、知らぬ間に、グラチウスのためにゾンビーにされてしまっていた、ということのようなのだからな。本当は、俺になすべきことは、いますぐまたあの山火事の炎にとってかえしてこのやくざな身を投じ、誰の手にも操られぬよう焼き尽くしてしまうことだけなのかもしれぬが」

「太子どのはよくおなりになる」

イェライシャは忍耐強く云った。

「ものの一ヶ月もたたぬうちに、もとのとおりのおからだ、とは云わぬまでも、ずっとお心地あしからずおなりになるはず。いまのお加減の悪さはすべて、グラチウスの黒魔道がかりそめの生命を与えていることにあってみれば。——そしてそれをとりさって、太子どのの生命力が回復せねば、それはただ、まことの屍となって永遠の平安を得るのみ。さなくば、本来の天命にお戻りになれる。いずれにせよ、どうころんでも太子どのにはご損はあるまい。されば、ひとたびだけ、おいのちをこのイェライシャにゆだねられよ。——悪しうははからわぬ。これもまた、グインへの恩返しの一環なれば」

「………」

スカールが、何かつぶやくように答えているのを背中できいて、ヴァレリウスは挨拶もそこそこに洞窟を飛び出した。

すでに、すっかり、魔界の夜は晴れている。まもなく朝日がのぼってくるだろう——朝露がしっとりと木々の梢、草の葉を濡らしている。空気には、濃い緑のにおいがみなぎっている。すでにどこにも、あの狂った魔の夜の嵐の気配もない。

(くそ、じじいどもめ。——いいようにひとをおちょくりおって)

ヴァレリウスは、かなり憤懣やるかたなかった。もっともその憤懣の大部分は、〈闇の司祭〉と《ドールに追われる男》とのあまりに高度で壮絶な、中原の運命をかけたやりとりにまったくかかわることもできずにうろちょろしている、ただの木っ端魔道師、そのへんのネズミとでも云われてもしかたのなさそうな、おのれの無力さとるにたらなさに向けられていたのだが。

ヴァレリウスもそれなりに、彼のレベルにあってはすぐれた魔道師でもあったので、もっと力の下のものであったらまったく想像もつかなかったであろう、より上級の魔道師たちのあいだでどのように運命というものがもてあそばれたり、観相されたりしているのか、ということが、おぼろげながら理解することができた。それはなまじ半分ほど《見える》からこそ、いっそう腹の立つようなことでもあったのだが――

(イェライシャもグラチウスも――もっとずっと早くから、おそらくはノスフェラスにグインがあらわれたその瞬間から、グインにかかわりをもち、それを見守り、グインのすることとなすことを細心の注意を払って見つめていたのだ。そして、さりげなくおのれの有利になるよう、おのれの思い通りに運ぶのに役立つようにと介入したり、競争相手の介入を邪魔したりしあっていたのに違いない。――そんなことは、おそらく――それこそグラチウスやイェライシャのような力をもつ大魔道師であれば、ずっと離れたところにいても、見てとることが出来、介入したり、観相したりすることも可能だったのに違いない。だが、俺は――そうはゆかぬ……）

（当たり前だ。俺は導師でも大導師でもなんでもない、ただの――しがない上級魔道師なんだからな……だのに、そのただの上級魔道師、かれらにいたく馬鹿にされるギルド魔道師のひとりにすぎぬこの俺が、どうして、こんなところでこんな――怪物的な大導師たちどうしの争いにまきこまれたりしなくちゃならないんだ……）

相変わらず、いつだって自分ひとりが貧乏くじをひいている――そう、ヴァレリウスは考えながら、宙に舞い上がり、そこかしこに《気》を放って、無駄と知りつつグインの行方をたずねあてようとしていた。

だが、むろん何もかえってはこぬ――それもそのはずだった。イェライシャほどの力のある魔道師が、グインの行方を、しかも、〈闇の司祭〉グラチウスの目から隠そう、と意図したからには、結界というよりは、完全に《気配隠し》のバリヤーがほどこされて、グインの行方を隠してしまっているに違いない。おそらく、グラチウスはそれで逆上して、ついにさまざまなおもわくをかなぐりすててイェライシャにいどみかかり、きのうのあのすさまじい魔道の嵐となったのだろう。

（あんな、大魔道師たちのやりとりの奥にある観相など、俺にはわからんぞ……）

わかるわけがない。

だが、それでも、大体のようすは読めてきた。問題なのは、それで、おのれは一体どうしたらいいのか、ということだ。

（ケイロニア救援軍の連中に、なんといったらいいんだろう……まさか、この実態をありのままに告げるわけにもゆくまいし……）

せっかく、グラチウスのいうとおりに引き回されて、とはいいながら、ともかくもグインがすぐ近くにいるあたりまで肉迫してきた、と信じて、狂喜してここまで進軍してきたかれらである。何があろうと、グインを救出しなくては、かれらはサイロンに戻るに戻れないだろう。

（だが、〈闇の司祭〉グラチウスと《ドールに追われる男》イェライイシャの二大魔道師の争い——などというとんでもないものに、グインの行方がかかわってしまったとすると——）

イェライイシャはもともとグインの味方だとはいえ、やはり、スカールの延命をグラチウスにかわってこころみようとするあたりは、あのアグリッパのことば——《北の豹と南の鷹が出会う時——世界はかわる》という、それを信じてもいるのだろう。力ある魔道師、少しでも世界の行方や運命に介入し、それを左右できるほどの力をもつにいたった魔道師であれば、それは当然、それほどの《力》が生まれる瞬間にそれに立ち合い、その《力》の場から、おのれの力を増したり、野望をとげる手助けにするパワーを得たい、と思わぬわけはない。イェライイシャとても、それは、同じことだろう。

〈それは、魔道師としてはむしろ当然のことで……責められるべきことでもなんでもないが……しかし、グインを逃がしてしまって、しかもその行方を教えてくれない、となると……〉

イェライシャもまた、グラチウス同様、おのれがそうしようと思わぬ限りは決してひとのことばや哀願では左右されないだろう。グラチウスが何かはかり知れぬ、〈闇の司祭〉ならではの野望や暗い目的をもって暗躍するように、イェライシャにもまた、イェライシャならではの目的がある。それは確かなことだ。

〈俺の力じゃあ……とてものことに、イェライシャの結界を破ってグインを見つけ出すことなど、無理だな……〉

これからどうしようか、とヴァレリウスは思った。

〈といって、ケイロニア軍に、もうグインのことは当分諦めて、サイロンに戻ったほうがいい、と進言するのもしのびない。——どうしたものかな……〉

〈なんだか、魔道の戦いと、通常の普通の人間たちの世界との、一番のはざまに落ち込んでしまったような気がするな、この俺は……〉

まあ、立場そのものからして、ヴァレリウスはつねにそのようなものだ。魔道師宰相、という奇妙な、かつてなかった存在になったときからして、すでに、魔道師たちの魔の領域からも、そのようなものとは無縁の普通人の日常の世界からも、はみだし、おさまらなくなってしまった。そしてまた、そのどちらをも半端に知っている、鳥でも獣でもなく、しかもどちらでもある怪物キメレアのような存在となってしまったのだ。

(グインどの。——グイン陛下!)

無駄だろう、と思いつつ、心話をひろがらせてみる。だが、むろん、ヴァレリウスの感知できるかぎりの範囲には、どこにも、グインとおぼしき《気》はなかった。

(これで感じられぬということは——だいぶん、遠いところにいるか——それとも、イェライイシャの魔道でかなり思いきったところへ飛ばされていて……距離はそれほど開いてなくても、まったく思いもつかぬところにいるか……それこそ、またノスフェラスに戻った、とでもいうようような……)

(いや、それはないだろうが……それとも、イェライイシャがずっとグインのあとをグラチウスも、ほかのものも追えないように、グインのまわりを《気配隠し》で覆ってしまっているかだ。——だが、そんなことをずっと続けながら、ああしてグラチウスと戦って、結局撤退させてしまったとすると——やはり、イェライイシャもすごい魔道師だな……いや、以前よりもすごい力がある、というべきなのかな……)

(スカール太子はとりあえず、イェライイシャの庇護下に入ったほうがずっと安全だろうとは思うが……そ、そうだ。マリウスさまは)

考えて、はっとなって、それからまたヴァレリウスは首をふった。

（たぶん、あのときのようすからして——もうマリウスも、グラチウスの手の中にはいないだろう。もしいるとしたら、イェライシャはとっくにそれを知っていて、そして手を打とうとしているだろうからな。もしかしたら、イェライシャのほのめかしていた《もうひとつのこと》というのは……）

（いや、たぶんそうだ、間違いない。イェライシャは、グラチウスがマリウスを使ってグインの記憶を取り戻させようと、マリウスを誘拐しようとしたのを阻止し——そして、グインの依頼にしたがってか、慫慂してかはわからないが、グインをスカールとひきはなした。——そしてスカールを病から回復させつつ、グインが記憶を回復すれば——いつでもイェライシャは、グラチウスの手の届かぬところで、スカールとグインとを再び対面させ、あの伝説の《会》がおこるものかどうか、見ていられることになる……）

（ああ、いやだなあ、じっさいそんな大魔道師などというものの考えることは、ややこしくこみ入りすぎて、俺ごときの単純な頭にはわからん。——だが、このままこうしているわけにもゆかん。……とりあえずは、ケイロニア軍に戻って、あの嵐が魔道師どうしの戦いで、それがイェライシャの勝利に終わったことと——それに、それがどうやらグインの行方をめぐってのものであった、ということを告げなくては。——もう、グインはたぶんこのあたりにはいないんだろう。だとしたら、このままモンゴール領内にどんどん近づいてゆくのはかえってまずい。といって……）

（あれだけ、まもなく会える、と勢いこんでいたものたちを、もう近くにはいないから、とりあえずサイロンに戻る方向に進路を変えよう、などと説得する自信は、俺にはないなあ……）

しかし、このまま放置しておくと、おそらくやっきになったグラチウスのまきかえしがまたはじまるのではないか、と思われる。それだけは、ヴァレリウスにもはっきりと予想がつく。

（マリウスにくらべれば——トールやゼノンや俺では、それほど、グインの記憶を取り戻させるための《人質》の役にはたつまいが……しかし、グラチウスが本当に躍起になったら、どう出るか知れたものじゃないからな。——困ったな、グラチウスが本気になったら、俺ごときの魔道力ではとうてい、ケイロニア軍全員は守りきれないし……それにあの人たちはいたって単純で、おそろしく暗示にかかりやすい。——かれらを守りとおすのはなかなか大変そうだし——まあ本当にそれが具合の悪い方向にいったら、イェライシャがまた出ばってくるんだろうが……）

（くそ、それも、いかにも俺が小僧っ子みたいで腹が立つな——まあ、事実、そうには違いあるまいが……敵はどっちも俺より何百年も生きてきた海千山千の怪物どもなんだからな……）

目の下に、やがて見覚えのあるケイロニア軍の陣営がひっそりとうずくまっている山あいが見えてくる。いよいよ、おのれの心を決めてから、かれらのもとに戻らねばならぬ、とヴァレリウスは思った。トールたちは、何がなんだかわからぬまま、謎めいた不安な一夜を嵐に吹きまくられながら送って、いったきり帰ってこないヴァレリウスを心配しながら待っているだろう。

（やはり、グラチウスに利用されぬためには……本当は、グインの行方が知れぬ以上、いったんサイロンへ戻ることにしたほうがいいんだけれどもなあ……）

ヴァレリウスは思った。なおも五感をのばして探ってみる。どこにも、あれほどはっきりとわかる豹頭王の《気》は感じられなかった。まるで世界が、共同してグインを隠してしまい、その奇妙な隠れん坊に興じてでもいるかのようだった。

4

恐しい魔界の嵐の吹き荒れた翌日は、しかし、驚くほどの上天気となった。

あれだけ吹き荒れ狂った魔風が、すっかり、山火事の名残をも吹き払ってしまったのだろうか。このところ山火事から魔の嵐へと、たてつづけにすさまじいばかりの試練にさらされていたこの自由国境地帯も、ようやく何事もない平和な朝を取り戻した、とでもいうかのようだ。いや、事実、それはやっと訪れた平和な朝だったのに違いない。もっともいくつもの山々が、魔道師たちの争いと野望のあおりをくらって焼失し、さんざんに破壊され、むざんなすがたとなりはてていたのだが——

その、はっとするほど青くすがすがしい空がひろがる、ユラ山系の南はずれ。

ほどもなくガイルンの砦をはずれると、ユラ山系から南ユラス山地に入り、あたりは、北部のユラ山系よりもかなり地形がゆるやかになる。モンゴールの中西部の山岳地帯にあたるそのあたり、ルファ、カダインからボルボロスを南にのぞむあたりの南ユラス山地は、多少気候もおだやかになり、木々の相もいくぶんユラニア平野寄りになり、そして山間にはぽちぽち、自由開拓民の小さな村や、ぽつりと立っている一軒家もあらわれてくるようになる。だが、むろんまだまだ、ガイルンをこえるまでは、赤い街道がほそぼそと山間を続いているだけ、あたりは深い山のなかだ。

そのあたりまでくるともう、山火事だの、魔道師たちの争いなどの名残の影さえもないし、また、ルードの森からもずいぶんと離れている。西へむかえば、ボルボロスから西南西にかけてはすでにクム平野の突端がはじまり、一気に土地は肥沃に、平らかにひろがるようになってゆくし、モンゴール領内をさらに南下すれば、オーダイン、カダインの、モンゴール唯一といっていい沃野がひろがりはじめるのだ。その、豊かな田園地帯のはじまりを予感するかのように、このあたりでは、同じユラス山系のつながりには違いなくとも、妙に空気までが少しあたたかく、なごやかになっているように感じられる。

その、澄んださわやかな朝の大気の中を——

一人の旅人が歩いていた。

赤い街道とは名ばかりの旧街道、赤い街道がまだ、一番最初に赤レンガで敷かれ、そしてその多くがまたさびれて土にかえっていってしまっていたころの名残の、細く、そして何も設備のととのっていない旧道である。山道のその旧道は、いくつもの峠をぬけてガイルンの南で旧ユラニア領アルバタナのほうへ抜けてゆく古い古い道だ。いまとなっては、ほとんど使うものもいない。

旅人は、だが、たゆみなく道を歩いてゆく。いったい、どれほど早朝に出発して歩き続けてきたのか——頑丈だがすっかり傷だらけのいかにも使いこまれぬいた革マントをつけ、誰もいない山中に安心してかフードをうしろにはねのけて、あらわになったその異形の顔が、明るい朝の光のなかに、はっとするほど目立っている。もっとも、見るものとては、梢で啼く鳥たちしかいはしなかったのだが。

それは、グインであった。

その豹頭は、無表情なままにも、奇妙な解放感と楽しさのようなものを秘めて、いかにも、ただひとり、誰にも気兼ねないこの山道をゆくのが、寂しくもあるが、楽しくてたまらぬ、というようでもある。そのたくましい足取りそのものが、この孤独な逃避行が彼にとって決して不本意ではないことを告げているかのようだ。

(まだ、当分——人里にはほど遠いな……)

いまの彼にとっては、誰もおらぬこうしたしんとしずまりかえり、鳥たちだけが啼いている朝の山中ほど、心をなごませ、休ませてくれる場所はなかったかもしれぬ。

グインは、むしろ浮き浮きしているといっていいほどの勢いで、大股に旧街道の赤煉瓦を踏んで歩き、ほんの少し疲れを覚えればいったんかるく腰をおろして休み、そのへんの草の実、木の実をとってかじって疲れをやすめ、それからまた立ち上がって歩き出した。腰のかくしにはほんの少しばかりの干し肉の残り、そして愛用の剣が剣帯につるされているだけで、あとは携帯用の水筒のなかにほんの少しばかりの雨水、それ以外には何もないが、それも苦になってもおらぬ。空腹になれば、そのときに飢えをしのぐことを考え、鳥をとるなりけものを狩るなり、川べりに出れば魚をとらえるなりすればよい。そのようにして動いていると、グインのなかでふつふつと、野性の血のようなものがたぎってきて、彼をむしろ一匹の巨大なほんものの豹にかえしてしまうかに思われるのだ。

（よい、心持だ）

誰ひとりともゆきあうおそれもない山中を、勝手気儘に歩き続けて、グインは、半日ばかりを心地よく過ごしてきたのだった。

（今夜は適当にこのあたりの山中をねぐらにし——明日あたりにはガイルンの近辺に通りかかるゆえ、ガイルンを避けて西にむかい、アルバタナに行く前にまた山中を南下し——）

教えられた地理を頭のなかでくりかえしてみながら、グインは梢からもぎった赤い大きなうまそうな果実をかじりながら歩いていった。

が、ふと、その足がとまった。

（何だ。これは……）

誰かが、歌っている。

(あなたはどこにいるの　あなたを探してるよ　ぼくはここにいる　ぼくはいつもあなたを探している)

(この——声は……)

グインのトパーズ色の目が細められた。

こんな、誰もおらぬはずの旧街道の山中で、そのような歌う者があらわれるのは、それこそ怪奇現象とさえ云えたかもしれぬが、そのようなおそれはいっこうにグインを訪れなかった。

(この声は……聞いたことがある。これはあれだ。——いつかのあの夢のなかできいた、あの声だ……)

(そうだ。そして俺は……この声を聞いたとき、思い出したのだった……)

「マ、リ、ウ、ス」

歌声が、ふっととぎれた。

その山道の、つぎのカーブをまがったとき、そこにひっそりと待っていることはもう、あらかじめ前世からさだめられた約束ででもあったかのように——

そこに、《かれ》が座っていた。

草の上にじかに腰をおろし、膝をかかえ、吟遊詩人の三角帽子から栗色の巻毛をはみださせながら、生き生きとした栗色の目をきらきら輝かせて、かれは、まるで、そのひっそりと静かな大自然のさなかから生まれ出た、かれもまたそのあたりの立木や花や鳥のひとつでしかないかのように自然にみえた。

「やあ、グイン」

マリウスの目が楽しそうに輝いた。そしてかれはぱっと立ち上がった。

「やっと、会えた。――やっと会えたね」

いうなり、マリウスは駈け寄ってきて、ぱっとグインの首っ玉にすがりついた。グインは目を丸くしながら、そのマリウスを眺めていた。

おのれが、夢で会い、そして感応した、その相手がこのほっそりとした楽しそうな、見るからに生きていることが好きで好きでならぬかのような若者である、ということはよくわかっていた。イェライシャのおかげで、その若者の名前も、そしておのれとは、どのような関係にあるかもわかっていた。彼の名は、マリウス。そして、おのれとは、同じ姉妹をそれぞれ妻にもつ、義理の兄弟。――姉妹の関係からは、マリウスのほうが《兄》にあたるのだ、ということも、イェライシャに教えてもらっている。

「ここを通るから、待っていればいい――って、いわれたんだ」

マリウスは朗らかに云った。そして、一歩さがって、しげしげと上から下までグインを見つめた。

「そういえば、黒曜宮にいるときって、なんだかんだいって、なかなかグインとゆっくり会えもしないし、話もできないし——ましてや、こうして、毛並みをなでたりもできなかったんだ。——昔、一緒に赤い街道の北のほうをどこまでも旅していたときには、よく、そうさせてもらったものだけど」

マリウスは云って、手をのばして、そっとグインの首筋の毛並みを撫でた。

「なんて、きれいな毛皮だろう」

マリウスは目を細めて満面で微笑みながら云った。

「ねえ、覚えてる？　ぼくは、一番最初に空腹で行き倒れかけていて、グインに助けてもらったとき、最初に思ったのはそれだったんだよ。なんてきれいな毛並みなんだろう！　って。——やっぱり、ぼくは、好きだなあ、このグインの豹頭の毛並みが、こよなく好きだ。——会えて嬉しいよ。やっと会えた」

「マリウス——」

おぼつかなげに、グインはつぶやいた。マリウスが嬉しそうに両手でグインの太い腕をつかんだ。

「記憶を喪ってる、なんて、嘘じゃない！　ちゃんと、ぼくのこと覚えてる、ね、そうだよね？」

「なぜ、お前はここにいる？　いったい、どうしてこんなところで俺を待っていた——

？」

グインは当然の疑問を呈した。一瞬、これはまことのマリウスではなく、もしかして、これさえもグラチウスのあやしげなワナではないのか、というような疑惑が、胸にのぼってきたのだ。

マリウスはそれを察した。

「違うよ。何もおかしげなことじゃない」

マリウスは熱心に説明した。マリウスがキタラを背負っていないのに、グインは気付いた。

「ぼくは、グインを助けにきたんだ。――グラチウスのやつが、グインが遠いノスフェラスで記憶を喪ってしまっていて、戻れずにいるから、助けを出してくれっていいにきたから……トールたちと一緒にくっついて、グインを助け出しにきたんだ。むろん、ぼくには大したことはできないけど、グインはでも、ぼくをみたら絶対に何もかも思い出してくれると思って。――でも、こないだ、グラチウスがぼくを連れだそうとしたんだ。何かわけがあったらしいけど……ぼくにはわからないわけがね。そしたら、イェライシャという白髪の魔道師のおじいさんがあらわれて、グラチウスと戦ってぼくを助け出してくれた。そして、こういったんだ。『この道をまっすぐいって、谷川の手前あたりで待っていると、グインがやってくるよ。ともに、グインのゆきたいところへ道案内してやるといい』って。——ああ、ぼく、キタラをもっていないでしょう？　だからって、ニセモノのマリウスじゃあないよ。キタラは、グラチウスにだまされておびき出されたとき、置いてきてしまったんだ。もちだすひまもなかったんだ。——寂しいけど、しょうがないよね。次に人里に出たらなんとかしてキタラを手にいれないとしょうがないけど、それまでは、ほら、こうやっても、ぼくは音楽が奏でられるんだよ」

マリウスはひょいと立ち上がって手をのばして、やわらかな緑色に繁っている頭上の木の若葉を一枚、むしりとった。

そして、それを指さきで口にあてた。とたんに、ぴいぴいと可憐な音が流れ出てきて、グインは目をむいた。

「ほら、葉笛」

マリウスはにっこりと笑った。

「谷川の近くなら、葭か葦が生えていたら、そいつを切り取ってうまくかわかせば、葦笛が出来る。——ぼくは、何からだって音楽を作り出すことが出来るんだ。何も楽器がなくたって、ぼくには、歌を歌うことができる。舌を切り取られでもしないかぎりは、ぼくは大丈夫だ。だってぼくは、カルラアの申し子のマリウスなんだもの」

「………」

グインは、唸るような声をあげた。マリウスは不安そうにグインをのぞきこんだ。

「ねえ、グイン、ぼくのこと、忘れてなんかいないよね？　だってぼくのこと、見るなり、何も迷わずに『マリウス』って云ったものね？　グインは何を忘れてしまったの。ぼくと一緒にずっと旅したことは覚えているだろう？　ぼくの命を何回も救ってくれたことも――そしてぼくとふしぎなえにしで義理の兄弟になったことも？」

「先日、夜のなかで、お前の歌をきいた」

グインは重々しく云った。マリウスの目が輝いた。

「やっぱり、聞こえていたんだ」

かれは熱烈に云った。

「やっぱり、ぼくとグインとのあいだには、普通にはないきずながあるんだ。だからもう大丈夫。――もしまだ何か思い出せないことがあったとしても、ぼくが一緒にいれば、もうグインは何もかもだんだんに思い出すよ。だって、こうして見ていたって、あなたは何ひとつかわってないもの。やっぱり頼もしくて、でっかくて、優しくて――一緒にどこまでも旅して歩いた、あのときのグインだもの。あのころは楽しかったね、ねえ？　覚えているでしょう、あの――」

「ちょっと待て、マリウス」

マリウスがたちまちに飛び込んだ、『あれを覚えているでしょう。あそこのあのとき、こんなことが――』の洪水に押し流され、溺れそうになって、グインは叫んだ。だがその目は笑っていた。

「なんと、よく喋るな、お前は！　もとからお前がこんなふうだったというのなら、まさにお前を忘れるやつなどいるわけはない。だが、お前のそのお喋りはなんとなく俺にも、懐かしいような気持をおこさせる。――そう、確かに、お前は俺にとっては、とても親しい存在だった。どのようなことがあったかはまったく忘れているが、それでも、お前が古い馴染みだということはとてもよくわかる」

「ええ――じゃあ、本当に記憶を失ってしまったんだ」

マリウスは大きく目を見開いた。だがそれから、首をふった。

「大丈夫だよ。でもすぐにきっと思い出す。ぼくを助けてここに連れてきてくれたイェライシャおじいさんもそう云ってたよ。――グインはすぐにいろいろなことは思い出さないかもしれないが、大切なことはきっと思い出すだろう。逆に、それだけのほうがよい、思い出さないほうがいいこともあるんだ、って。そうだよね――ぼくだって、思い出すのさえ辛いことだって沢山あるもの」

「……………」

「ここで待っていて、グインのゆきたがるところへともにゆけ、っておじいさんは云ってたんだ」

マリウスは云った。

「だから、ぼくは——どっちみち、一緒にきたケイロニアの人たちのとこへはどうやって戻っていいかわからないし——それにべつだん、ぼくはかれらと一緒にいたいわけじゃないから……だから、グインとゆくよ。グインがあの人たちのところに戻りたいのだったら別だけど。でももう、ぼくにはここがどのあたりで、どっちにゆけばかれらがいるのかもよくわからないんだけど」

「ケイロニアの救援軍が俺を捜しにきている、ということはいろいろときかされた。だが俺はまだ、ケイロニアにゆくつもりはない」

グインは云った。マリウスは、理由をきこうとさえしなかった。

「いいんじゃない。べつだん、行きたいところにゆき、やりたいことをしようよ。それでいいじゃないの。自由なんだから」

「自由、自由か。美しいことばだ」

「そしてぼくにとってはこの世で一番大切なことばだよ！——ぼくは、黒曜宮のあの重たっ苦しい石の壁のなかで、何回、グインと旅したあの北方への旅の日々を思い出したか知れなかったよ。あのころは楽しかったよね？　本当に自由で、無一文で、何にもなくて、だからこそ、なんでも好きなようにできてさ！　明日どっちの道をゆくのかだって、ぼくたちは貨幣を投げ上げて決められたんだ。何ひとつ縛られるものもなく！——それを思うと、ぼくは、タヴィアには悪いけれど、なんだってケイロニアの皇女様なんかと結婚しちゃう羽目になったんだろうって、よく考えたよ」

「……………」

「ねえ、行こう。どこでも、グインのゆきたいところへ。──そして、また二人で旅しようよ。グインと旅していたときは、ぼくにとっては、たったひとりで旅してたときの次に楽しかったよ。──グインは最高の道連れだったし……途中から変なやつがいたけどね。あんなやつ──まああれもまた、ヤーンの神がめぐりあわせたもうたんだと思えば、それなりに意味はあるのかもしれないけど……でも、そうとも思えないなあ。あいつとぼくたちとのあいだには共通点は何もなかった。だけど、ぼくとあなたのあいだには、いつだって、確かな──それは確かな絆が流れていたと思うよ」

「俺は記憶を失っている」

グインは重々しく──だが、多少不安げにきいた。

「だから、きわめてとんちんかんなことを聞いたのだったら、許してほしいが──その、絆、とさっきからお前はいってるが……それは、まさか、その、お前と、俺とが、ただの道連れという以上の、その──何だな。つまり……なんらかの……」

「ないない」

吹き出しながらマリウスは云った。

「そりゃ、手っ取り早く稼げるから、ぼくも宿場の金持ちのじいさんに一晩可愛がられてくるくらいはなんとも思ってなかったけどさ。でも大丈夫。ぼくとグインは間違いなく清らかな正真正銘の義理の兄と弟というだけだよ。そして長年の友達で、いつもかわらぬ気の合うどうしで。——ねえ、ぼくらはとても気があっていたよね？　ときどき、グインは、ぼくのおしゃべりで気が遠くなったような顔をしてはいたけど」

「それはどうやらいまも変わらぬようだがな」

いささかほっとしたようすで、グインはつぶやいた。マリウスは笑った。

「それだけはあきらめてもらわなくちゃならない。だけど、そのかわりに、いつだってぼくはすてきな歌をきかせてあげるし、あなたにとっては最高の道連れだと思うよ、いまもかわらずに。もしもあなたが記憶を失っているというのが本当なら、ぼくほどいろんなことを、あなたに話してきかせてあげられるものはいないと思うよ。なにしろ、語り部で——物語ることが商売の吟遊詩人なんだから」

「それは、間違いないだろうな」

グインはなかば感嘆しながら云った。

「俺は、記憶を失ってこの世界にあらわれ出てからまだ短いから、ほかの人間をそれほど大勢知っているわけではないが、まずお前ほど火のついたように早口でたくさんしゃべりまくる人間を見たのは生まれてはじめてだ、ということは断言できるぞ」

「だからこそ、なんでも教えてあげられるし、退屈することもないし——ケイロニアのおじさんたちにはなんだか悪い気もするけど、ぼくはなんだか——こうなったのこそまさにヤーンの御心だ、っていう気がしてしょうがないんだ。これで、また、ぼくたちは、《振り出しに戻》ったんだよ。——そうして、また何もかもあらたにはじめられるんだ。素晴しいじゃない——ぼくは、何回もそうしてきたけど……いつも、また一からあらたにはじめちゃあ、また行き詰まったらすべてを水に流して、最初からはじめればいいじゃないかって……そういう考えを、いやがるものも、ひどいと思う者もいたみたいだけど……しょうがないよね。ぼくはこう生まれついているんだし、これがぼくなんだから」

「何だかよくわからないが……」

グインは多少めんくらった顔で、だが興味深そうにうなづいた。

「だが、お前のおしゃべりは確かに聞き覚えがあると断言してもいい。——しゃべっている内容がではなくて、そういえば、昔、肩にとまってそんなふうにさえずりっぱなしにさえずっているひばりみたいな、そういう道連れがいたことがあったな、ということを、俺ははっきり思い出してきた。——多くの記憶を失って目覚めてからこっち、俺はまことに心もとない思いをしてきた。——確かに俺が、あのときノスフェラスのセムの村で目をさますより以前から、この世界に存在しており、さまざまな人間関係をもっていたのだ、ということをはっきりと教えてくれるのは、いまとなっては、お前の存在だけなのかもしれぬ。――そう考えれば、お前こそ、いまの俺にとってはもっとも大切な、重大な、貴重な存在なのかもしれぬな」

「だから、云ったでしょう、ぼくとあなたは運命の糸によって結びあわされているんだって！」

嬉しそうにマリウスは叫んだ。

「もう大丈夫だよ。ぼくは何しろあなたのサーガを歌うことを一生の主題にしているほどの吟遊詩人だからね。あなたのことで、知りうるかぎりのことはみんな知っている。あなたがいろいろめんくらったところで、全部助け舟を出したり、いろいろ教えたり、力になったりしてあげられるよ！――ああ、ぼくはなんだか、やっと、自分がなんのためにここにいるのかわかったような気がする。――それは、あなたを助けるためだったんだ。なんて、ふしぎなヤーンのみ心なんだろう。ヤーンはなんて不思議なことをなさるんだろう。――ぼくがサイロンで、あんなに不幸をかこっていたのも、きっと、こうしてあなたのところにきてあなたを助け、あなたの支えになるためだったんだ」

「サイロン……不幸――」

グインは眉根をよせてつぶやいた。そして、しきりと何かを思い出そうとしていたが、やがて首をふった。

「駄目だ。思い出せるようで、何もはっきりとは思い出せぬ。――ただ、きれぎれに、かすかな映像のようなものが――どこか立派な庭園のようなところに、大勢の人間が集まっていたり――それに、大勢の黒いよろいかぶとをつけた騎士たちがいたり……」

「大丈夫。無理することなんか何にもないよ。まだ、道は長いんだから」

マリウスはうけあった。それから、ふと気付いたようにグインをのぞきこんだ。

「ああ、でも、それで、グインは、ケイロニア救援軍とはまだ会うつもりはない、と思っているんでしょう？　だから、逃がしたのだ、ってイェライシャのじいさんがそう云っていたからさ――グインは、それで、これからどうするの？　どこへゆくの？　何か、あてはあるの？　なくたってちっともかまいやしないんだけど。むしろあてなんかなくて楽しくその日その日を旅して暮らすほうが、ぼくには楽しいくらいなんだけどさあ」

「そうだな」

グインは重々しく答えた。

「折角、スカール太子の好意をも、そしてイシュトヴァーンとの確執をも遠くふりすててこうして自由の身になったことだ。やはり、以前からの懸案のとおりにふるまうのが、正しいありようというものだろう。俺は、パロにゆこうと思う」

「パロ！」

ちょっと驚いたように、マリウスの茶色の目が見開かれた。

「そう、パロだ。俺は《リンダ》という名の女に会わなくてはならぬ。何故かは知らぬ。

ただ、それがとても重要だ、という切迫した気がしてならぬのだ。あるいは、俺は、その女に会ったときはじめていろいろなことを思い出せるのかもしれぬ」

「リンダに」

マリウスは一瞬複雑な表情をみせた。

それから、大きく、何かをふりはらうように首をふって、微笑んだ。

「いいとも。じゃあ、パロを目指そう。どこかでキタラを手にいれて——そして、ぼくがなんでも買ってきて面倒をみてあげるよ。何回も命を助けてもらった恩返しだし——なんといったって、あなたはいまや、ぼくにとっては《弟》なんだしね。うわあ、なんておかしなことだろう。豹頭のグインがぼくの弟なんだ。……ぼくは長年弟でいたことしかなかったのに、こんどはぼくが兄だなんてね。しかも自分よりこんなにでっかい弟！」

マリウスは笑った。

「すごいな。よーし、じゃあ、パロをめざそう。まかせておいてよ——また一緒に旅が出来るなんて、最高だよ。まるであのころに戻ったみたいだ。どこまでもどこまでも行けそうだよ、あなたと二人だったら」

あとがき

栗本薫です。お待たせしました。「グイン・サーガ」第百三巻「ヤーンの朝」をお届けいたします。

いやあ、百巻以来、百一、百二と月刊グインでしたからねえ。ここにきて突然二ヶ月あくのって、けっこう長かったですね。私が長く感じたくらいですから、読者の皆さまにはもっともっと長く感じていただいていたことと思います。この三ヶ月はでも、いつあけてみてもいろいろな大手書店さんのベストセラーリストのなかに名前があってけっこう楽しかったですね。少し息も長くなってたみたいでベストテンのなかにも続けていたりしてくれたし。やっぱりこういうの、はげみになります。

でもさすがに、また隔月刊に戻るとそうはゆかないでしょうが——でも、このあとずっと月刊グインを続けたら、私はともかく、丹野さんが発狂しちゃいますから、それはまあ、ごめんなさいね、って感じですね。またこんどはいつか何かの機会があったときに、月刊グインをハヤカワさんが企画してくれるだろうと思います。そのときにまた、月刊でお目にかかれたら楽しいですね。でもしつこいようだけど、丹野さんごめんなさい、だなあ。でも丹野さん若いから平気だよね（笑）

とりあえず話そのものも百二巻でなんとなくあの山火事関係の話（笑）が一段落、そのあと、この巻がややインターリュードっぽくなって、百四巻からまた新しい章がはじまる、というような感じになってて、このへんが、「百巻」という区切れ目とは全然関係ないって感じですが（笑）そのへんがまあ、私のひねくれたとこなのかもしれませんが、このへんは逆に、キャストの人たち（笑）がやってることだから、私は知らんぞ、みたいな（笑）

でもここんとこすごく忙しかったので、なんとなくちょっとお疲れ休み一回お休み、みたいな感じはありますね。いや、忙しかったのって、グインさんとかスカさんとかぐらちのおいちゃんとか、そっちの人たちですが。まあなんぼかれらがタフネスでも、ずーっと暴れっぱなしってわけにもゆかないかと思います。

百巻から百二巻の流れについてはさる男性の知己に「栗本薫究極のヤオイ」って云ってもらいまして、実を云うとけっこう嬉しかったりしたのでした。まあ、それってかなり、いやすごく理解度の高い読んでくれかただと思いますしね。それを腐女子系のかたたちとは全然関係のない男性から、それも「ウケセメとかいうたぐいの話じゃなくですよ」と念を押してもらった上で、そういってもらったのが、なかなか楽しかったですね。

なるほど、ヤオイっていうのは「なにものかをすごく求めること、渇望すること」「命をかけられるようななにものかを求めること」につながってゆくのかなあ、と思ってそのへん、すごく納得したりしました。

このところ「浪漫之友」の定期購読していただいてるかたの数も順調にじりっじりっと増えてゆきまして、もしかして十年後くらいには、ちっちゃい出版社みたいなこと出来たらいいのになーなんて夢みたいなことを考えたりしておりますが——それもこれもグインという大黒柱があってくれてこそではありますけれども、けっこういまつかまっちゃってるのが「TOKYOサーガ」って名付けた現代ものの集大成みたいな感じで、まあいうなれば、これ、永井豪ちゃんが「バイオレンス・ジャック」ですべての話を集大成させていった、それはもうキューティーハニーからマジンガーZから、みんな「バイオレンス・ジャック」に吸収されてゆく、あの流れってのが、すごく納得のゆくものがあったりしたんですが、そういう感じで、おわらぶだの、まよてんだの、朝日のあたる家だのが全部「もうひとつの東京」の物語に収束してゆくんですね。伊集院さんのシリーズだの、単発で書いたいろんなものも一緒に。それがなんというかすごい快感で、そのなかで、あっと驚く意外な結びつきで結婚が決まった男女があったり（これは男どうしじゃなくて、男女だったので特にびっくりした（笑））「へええー」てなことがたくさんあったりするんですけどね。そうやって「もうひとつの六本木」「もうひとつの新宿」を書いていたら、ああ、これって、グインの世界とまったく同じじゃないか、といますごく考えています。

まあもうひとつは時代ものの世界で、これも大正浪漫サーガって名前つけてしまったですけど、最近は書いてないけど江戸時代以前のとか、まあ幕末もの新撰組ものもそうですねえ、「昨日の世界」ですね。でなんとなく、自分のなかで、これは「百の大典」のときにもいったかもしれないけど、「昨日のサーガ」と「もうひとつの今日のサーガ」と——するとグインの世界が明日ってことになって不思議ですけど、つまりはファンタジーの世界ですね、そういう「三つの柱」みたいなものが自分のなかで確定してゆき、それらは相互に——ことに昨日の世界のものと今日のものはかなり密接に関連づけられてきている、って感じています。これはスリリングで、とても楽しいことです。読者のかたも同じようにスリルを感じてくれるかどうかはわかりませんが——私には、豪ちゃんがすべてをバイオレンス・ジャックに収斂させてゆくというこころみをはじめたのと同じくらい、ワクワクしましたね。ある意味、これは逆に最初からそうやってはじめてるんだけれど手塚治虫さんの「火の鳥」っていうのも、シリーズ単体として、そういう部分があって、私がひかれるのって結局そういう話なんだなあってね——ひとつのシリーズに出てきた人がほかの世界でやっぱり出会ったりとか、そういうときに「ああ、この人たちは本当に生きているんだなあ」って感じます。

それと同じことはグインの世界の内部だけでならしょっちゅうおこってるわけですが、このさきもいろいろと意外なことがおきたり、意外な人物が登場してきたりすることになりそうで、これはこれでかなりワクワクしてますね（笑）なんというか、「ああ、新しい歴史がはじまるのだ」みたいな感じで。それがやがてなんとなくひとつの本当のターニングポイントみたいにだんだん思われてきた「七人の魔道師」の時点にむかってゆくのかと思うと——楽しいですね。三十年近くも、百巻以上も書いてきて、やっぱりまだこんなに楽しくてワクワクしてられるっていうの、本当に幸せなことだと思う。最近いろいろな意味でまた少しづつ上り調子になってきてるので、そういう意味でも、生きてるの、楽しいですね。大半は「ＴＯＫＹＯサーガ」のおかげかもしれませんが。もっともおかげでいろんな意味で発狂してて、日常生活はまともに送れてない、って感じではありますが。

とりあえずでも、おととし二〇〇三年までが最悪どん底の年で、そこを抜け出して二〇〇四年の後半からものごとが正常化に向かいはじめ、今年になってからは、だんだん浮かび上がって楽になってきた、って感じがいろんな方向についてあります。自分の人生についてもやっとのことで修正されてきたっていうかね。まだ何回も何回も「ああ、馬鹿だなあ」とか「いまだにわかんないのかなあ」って思うんでしょうが、それでも、グインがあり、「ＴＯＫＹＯサーガ」があり、そして小説を書いてピアノをひいて、音楽をやったりしていられさえしたら、私はたぶん大丈夫なんだな、って気がやっとしてきたところです。なんか、長い谷底だったなあって感じ。じっさいには小山もあれば小谷もあって、ずーっと沈みっぱなしだったわけでもないんでしょうけれどね。

というわけで、このあとはまた二ヶ月おきになってしまいますが、内容のほうはテンポよく進んでゆくことになると思います。このさきしばしはのんびりと道中を楽しんだり、ちょっとした驚きやスリルを味わっていただければ幸いです。そう毎回毎回クライマックスじゃ疲れちゃいますもんねー（笑）

ということで恒例の読者プレゼントは、岩崎さぎり様、平野今日子様、三浦周二郎様、以上三名のかたにさしあげます。それではこの次は秋口ですね。次のあとがき書くころにはもうちょっと涼しくなってるといいなあ。この夏は猛暑酷暑になりそうです。おからだに気を付けて、お互いになんとかこの夏、乗り切りましょうね。

二〇〇五年七月四日（月）

神楽坂倶楽部 URL
http://homepage2.nifty.com/kaguraclub/

天狼星通信オンライン URL
http://homepage3.nifty.com/tenro/

天狼叢書の通販などを含む天狼プロダクションの最新情報は、天狼通信オンラインでご案内しています。

これらの情報を郵送でご希望のかたは、長型4号封筒に返送先をご記入のうえ80円切手を貼った返信用封筒を同封して、お問い合わせください。（受付締切等はございません）

〒162-0805 東京都新宿区矢来町109　神楽坂ローズビル3F
（株）天狼プロダクション情報案内グイン・サーガ103係

「浪漫之友」定期購読申し込み受付先
BWA14307@nifty.com まで、郵便番号・住所・氏名・電話番号・購読開始希望号を明記してお申し込み下さい。
郵便の場合は、80円切手を貼った返信用封筒を同封して下記の宛先までお申し込み下さい。
〒162-0805 東京都新宿区矢来町109　神楽坂ローズビル3F
（株）天狼プロダクション「浪漫倶楽部事務局」係

著者略歴　早稲田大学文学部卒
作家　著書『さらしなにっき』
『あなたとワルツを踊りたい』
『北の豹、南の鷹』『火の山』
(以上早川書房刊) 他多数

HM = Hayakawa Mystery
SF = Science Fiction
JA = Japanese Author
NV = Novel
NF = Nonfiction
FT = Fantasy

グイン・サーガ⑩³

ヤーンの朝《あさ》

〈JA807〉

二〇〇五年八月　十日　印刷
二〇〇五年八月十五日　発行
(定価はカバーに表示してあります)

著者　栗《くり》本《もと》薫《かおる》
発行者　早川浩
印刷者　大柴正明
発行所　株式会社早川書房
郵便番号　一〇一 - 〇〇四六
東京都千代田区神田多町二ノ二
電話　〇三-三二五二-三一一一(大代表)
振替　〇〇一六〇-三-四七七九九
http://www.hayakawa-online.co.jp

乱丁・落丁本は小社制作部宛お送り下さい。
送料小社負担にてお取りかえいたします。

印刷・株式会社亨有堂印刷所　製本・大口製本印刷株式会社

ISBN4-15-030807-1 C0193